NARRATIVE

W0415667

CECI

Loris Giuriatti

L'Angelo del Grappa

Rizzoli

Pubblicato per

Rizzoli

da Mondadori Libri S.p.A.
Proprietà letteraria riservata
© 2020 Mondadori Libri S.p.A., Milano

ISBN 978-88-17-14440-7

Prima edizione: febbraio 2020
Seconda edizione: marzo 2021

L’Angelo del Grappa

A mio nonno Angelo Facchin,
uno dei nostri grandi "veci"

I

«Eccoci, Angelo, quello che vedi davanti a te è il monte Grappa!»

Angelo Nardi, classe 2002, sollevò appena lo sguardo. Quella che agli occhi di suo padre sembrava un'illuminante apparizione, per lui era solamente una montagna strana, senza inizio o fine («Non ci sono nemmeno gli impianti di risalita» gli aveva detto il suo amico Zeno, che d'inverno con i suoi andava spesso a sciare), senza occasioni di divertimento, totalmente fuori dal mondo, o almeno dal mondo civile.

Quelle due parole, "monte" e "Grappa", non erano che suoni senza senso, farfugliati appena, dispersi nel remix di Mike Shinoda di *Castle of Glass* dei Linkin Park, la sua canzone preferita, sparato a mille dalle enormi e costosissime cuffie che si era fatto regalare per il compleanno.

Stravaccato sul sedile posteriore, con il cappellino

degli Yankees a coprire la folta testa riccia e la visiera calata sul volto, Angelo ricambiò con un sorriso un po' ironico l'entusiasmo del padre, che lo guardava con insistenza dallo specchietto retrovisore.

Marisa, la madre, non parlava. Come sempre si accontentava di rimanere seduta accanto al marito, una metafora della sua vita dimessa.

Quella mattina di buon'ora erano partiti tutti e tre da Villa Petrarca, la residenza estiva di famiglia ai piedi dei colli padovani. Fin da allora, il pensiero fisso di Angelo era stato: "Ma perché non sono scappato di casa? Il monte Grappa... Cosa me ne importa? Cosa ci faccio qua?". Gli veniva una rabbia, se immaginava l'estate di Zeno, Romano e gli altri. "Se la spasseranno alla grande: tutte le mattine si alzeranno tardissimo, colazione da Luigi con le mitiche bombe alla crema e poi chiusi in casa fino a sera, aria condizionata a palla, PES sulla Play e kebab a pranzo. Queste sono vacanze, non il monte Grappa!"

Tutto era iniziato in una sera di fine maggio, una delle tante sere monotone in cui i Nardi si ritrovavano a tavola per la cena, sempre alla stessa ora, con un menù pressoché invariato: il signor Nardi, Paolo, aveva ereditato dal padre il pastificio di famiglia, che negli anni era diventato famoso grazie al rugolo veneto. Il rugolo, una pasta lunga trafilata al bronzo come si faceva una volta, porosa e capace di acchiappare il sugo meravigliosamente, li aveva resi ricchi, e Paolo ne andava molto fiero. Così, almeno una volta alla settimana sulla tavola dei Nardi i rugoli erano gli ospiti d'onore, il tributo a quell'azienda in cui il signor Nardi passava le giornate dall'alba al tramonto, da tutta la vita.

Anche la signora Marisa aveva lavorato a lungo nel pastificio, come impiegata. Poi gli affari erano migliorati, e lei aveva deciso di ritirarsi: adesso la sua principale attività erano gli impegni mondani, per consolidare la sua posizione nella Padova bene.

Quella sera, nessuno badava a nessuno. Papà leggeva «Il Sole 24 Ore» sul tablet, commentando con mugugni e improperi le nuove tasse o l'andamento della Borsa. Mamma sfogliava senza interesse una copia de «La cucina italiana», in cerca di ispirazioni per la prossima cena elegante. Angelo, come sempre, era scontroso e taciturno, fissava il piatto in silenzio pensando ai fatti propri.

Non aveva un buon rapporto con i genitori. A loro si avvicinava raramente, quasi solo per chiedere soldi. Loro, d'altronde, a casa ci stavano pochissimo: il padre era sempre al pastificio, e la madre passava più tempo nella sala rossa del caffè Pedrocchi che in cucina o sul divano. Raramente il ragazzo cercava di parlare con loro: sapeva che si sarebbe sentito rimproverare per la poca voglia di studiare. Marisa, in particolare, sembrava non avesse altri argomenti per lui: «Angelo, devi laurearti! Se continui così come pensi di prendere in mano l'azienda di famiglia? Guarda il Mario, il figlio dei Bernardi...».

"Il Mario" per sua mamma era un mito assoluto, figlio e studente esemplare, laureato con lode alla Bocconi. Lo chiamava proprio così, "il Mario", con l'articolo. «L'articolo prima del nome fa molto elegante» diceva, «molto milanese.» Proprio lei che era nata nella profonda provincia di Rovigo, tra paludi, cacciatori di anatre selvatiche e vongolari.

Da parte sua, ad Angelo la laurea non interessava affatto. Non rientrava nemmeno nei suoi sogni più remoti. Lui odiava la scuola, gli insegnanti, il preside e persino i bidelli, per il solo fatto che a scuola ci lavoravano. Non detestava proprio tutte le materie, semplicemente detestava studiare.

Gli piaceva la musica, invece, e adorava i graffiti: buona parte dei muri colorati di Padova era opera sua e della sua banda di amici – all'insaputa della polizia comunale, che sicuramente non apprezzava.

Per tutti la sua immagine era quella di uno svogliato, nullafacente, sbandato figlio di papà. A lui non importava, anzi, un po' gli piaceva l'idea di mostrarsi come un ribelle. Anche il suo look andava in quella direzione: l'onnipresente cappellino da baseball, i jeans firmati e sdruciti, portati col cavallo bassissimo, la felpa lacera, le Vans sporche… «Vai sempre in giro come un disgraziato» gli diceva la mamma. E lui lo prendeva come un complimento.

Anche quella sera, a tavola, non ne aveva voluto sapere di togliersi il cappellino. Se ne stava con gli occhi bassi sul piatto, mentre le posate tintinnavano nella sala silenziosa.

«Quest'estate ho deciso, chiudo tutto per un po'!»

aveva detto all'improvviso suo padre, e quell'annuncio aveva costretto Angelo a sollevare lo sguardo, stupito. Una vacanza? Papà non se ne prendeva una da almeno dieci anni!

«Che bella idea, Paolo!» aveva cinguettato sua madre chiudendo il giornale. «Finalmente un po' di relax.»

Il signor Nardi aveva annuito con convinzione: «Un mese intero, crepi l'avarizia! Ce ne andiamo dal Gabriele, in Grappa!».

Lo stupore aveva ceduto il posto alla rabbia, e poi alla disperazione. Per Angelo quella era una vera e propria pugnalata alle spalle. Un intero mese lontano da Padova e dai suoi amici… Proprio adesso, poi, che Carlotta Carraro finalmente si era accorta di lui.

Si erano incontrati un sabato mattina al Tranquillino, il bar nel quale si rifugiavano gli studenti che avrebbero dovuto invece trovarsi a scuola. Angelo la scuola la "saltava" spesso, anche senza motivo, solo perché non aveva voglia di entrare. Carlotta invece quella volta aveva dichiarato che lo faceva solo per evitare il compito di latino. «Non mi va di abbassare la media dell'otto» aveva detto.

Avevano chiacchierato di musica, cinema, fumetti, libri. Certo, non erano soli: Zeno e gli altri, quando avevano sentito che lui bigiava, lo avevano subito raggiunto al bar e si erano intromessi nella conversazione senza tanti complimenti. Angelo non aveva fatto neanche in tempo a chiederle il numero. Però insomma, era un inizio. Da quel giorno le aveva messo qualche cuore strategico su Instagram, un paio di commenti simpatici qua e là... Poi l'estate avrebbe fatto da banco di prova. O almeno così pensava, fino a quella sera.

E adesso? "Un mese intero lontano da lei, in un posto sperduto, che se m'innamoro di una capra è già tanto..." Avrebbe potuto provare a ribellarsi, chiedere di lasciarlo lì, o almeno alla villa. Avrebbe potuto promettere che si sarebbe preso cura del giardino, e si sarebbe rifatto il letto ogni giorno, e si sarebbe lavato i calzini... Ma sapeva che non sarebbe servito a niente. I suoi voti a scuola erano bassissimi, e sua madre gli aveva già annunciato che quell'estate di uscire tutte le sere se lo poteva scordare, figurarsi restarsene da solo un mese intero...

Quella notte, fissando senza pace il soffitto, Angelo si chiedeva dove fosse questo posto in cui suo padre voleva portarlo... un posto che non aveva mai sentito nominare prima. Di grappa lui conosceva solo il liquore che di tanto in tanto riusciva a rubare dal mobile bar nello studio personale di papà.

Si girava e rigirava nel letto senza riuscire ad addormentarsi. Prese il telefono per scrivere al gruppo WhatsApp: "Raga, aria pesante. Il capo ha deciso che in vacanza si va tutti tra i monti a trovare un suo amico. Estate bruciata".

Il primo a rispondere fu Zeno, notoriamente nottambulo: "Ma nooo, Angelo! Non puoi mollarci, devi combattere!".

A ruota arrivò anche Romano: “Zio, l’estate è sacra, non te la può rubare nessuno!”.

Angelo si sentì rincuorato, ma sapeva che le loro erano parole al vento. Suo padre aveva deciso di andare su quella montagna sperduta e non c’era via di fuga. Altro messaggio: l’emoji di una capra, poi uno stambecco e infine un cuore.

“Comunque non disperare, vedrai che lassù farai grandi conquiste” gli scrisse Zeno. Poi una faccina sorridente: “Notte, zio”.

Angelo lesse il messaggio ma non rispose.

Zeno era il solito stronzo, ma in fondo gli aveva letto nel pensiero.

2

Da quella sera erano passati due mesi. Carlotta non l'aveva più incontrata, neanche per sbaglio. La sua pagella era stata ancora più disastrosa del previsto. Zeno e Romano se ne andavano in giro tutte le sere e gli mandavano le foto delle ragazze carine su cui tentavano di fare colpo.

Angelo era completamente solo, e adesso davanti a lui, al posto di uno spritz con l'oliva e l'ombrellino, o degli occhi verdi di Carlotta, c'era quell'inutile montagna. E un lunghissimo mese di tempo.

"È pure peggio di come l'avevo immaginato" pensò mentre suo padre usciva dalla superstrada e si apprestava ad affrontare ventisette chilometri di tornanti in salita.

Cambiò al volo il nome del gruppo che aveva con Zeno e Romano in "Un mese di agonia", e con due tocchi inviò la sua posizione, seguita dall'emoji della faccina che piange. Nel loro linguaggio essenziale, quel disegnino stilizzato rappresentava il massimo del minimo.

Giusto tre secondi e il telefono vibrò. Era Zeno che gli mandava un link di Wikipedia: "Strada Statale 141 Strada Cadorna".

"Il tracciato che da Bassano del Grappa giunge al monte Grappa deve le proprie origini al generale Luigi Cadorna, da cui difatti prese il nome: durante la Prima guerra mondiale, nel 1916, Cadorna capì che in caso di sconfitta il monte Grappa sarebbe risultato utile come fulcro della difesa italiana per bloccare gli austriaci. Venne quindi fatta costruire una strada che permettesse di portare uomini e mezzi sulla sommità del monte: da qui l'esercito italiano poté effettuare una strenua difesa che permise di fermare l'offensiva austriaca."

Angelo lesse giusto le prime quattro righe e già ne era nauseato. Arrivò un messaggio di Romano: "Bella lì, Angelo, tanta roba! Tutta vita!".

Angelo sbuffò, lasciò perdere i due amici.

Poco dopo decise di distrarsi con Instagram: "Vediamo cos'ha postato Carlotta" si disse. Ma non riuscì a connettersi. Guardò preoccupato, quasi angosciato, il segnale di ricezione del suo smartphone: due tacche, e pure indecise.

«Papà, questo è un dramma, qui non c'è campo!»

Paolo Nardi neppure si scompose, anzi, dallo specchietto retrovisore gli lanciò un sorriso e replicò pronto:

«Finalmente staccherai gli occhi da quel coso per osservare la realtà. Guarda che panorama ti stai perdendo».

La giornata era magnifica e stranamente limpida. Il temporale della sera precedente aveva spazzato l'afa della pianura tipica dei mesi estivi e reso l'aria tersa e pulita. L'auto dei Nardi era ormai al quarto tornante, da dove si potevano ammirare a volo d'uccello le cittadine della pedemontana e in fondo, a sud-est, la laguna veneta e il mare. Un vero spettacolo, che avrebbe emozionato chiunque... ma non Angelo.

Paolo Nardi lanciò un'altra occhiata al figlio dallo specchietto: niente, sembrava assolutamente indifferente.

Angelo sentiva la rabbia salire dal profondo dello stomaco. Va bene la montagna, va bene un intero mese di isolamento, ma stare così tanto tempo senza Internet era veramente troppo.

Il resto del percorso lo trascorse a fissare, inutilmente, il segnale assente sul suo telefono.

Dopo una serie di tornanti che pareva infinita, l'auto dei Nardi si fermò nel piazzale davanti a una baita.

Era un edificio semplice, in pietra bianca, completato nella parte alta con un perlinato in legno scuro. La grande terrazza che dominava la facciata era decorata da fiori multicolori. Sopra l'ingresso, un vecchio dipinto ormai scrostato rappresentava una battuta di caccia. Tutto era pulito e ordinato, anche se si capiva subito che la semplicità del posto era molto lontana dai costosissimi e lussuosi alberghi delle località marittime che di solito frequentavano i Nardi.

«Scusa pa', la piscina è dietro?» fu il primo sarcastico commento di Angelo.

«Dài, aiutami con i bagagli!» replicò subito il padre, allungandogli una valigia e un borsone. Angelo li accettò con una smorfia, poi fece per prendere anche uno strano attrezzo che somigliava a un'aspirapolvere.

«No, aspetta!» lo bloccò il signor Nardi. «Il cercametalli lo prendo io!»

«Cerca... che?!» Angelo lo guardò con aria interrogativa.

«È uno strumento molto delicato» gli spiegò. «Nei prossimi giorni ti insegneremo a usarlo, se vorrai.»

«Certo» commentò il ragazzo, «perché la mia estate non fa già abbastanza schifo, eh?»

«Benvenuti!» li interruppe una voce dalla baita.

Padre e figlio si girarono insieme. Fermo sull'uscio, un uomo sulla settantina sorrideva cordialmente verso di loro. La barba bianca ben curata e l'aspetto fiero lo facevano assomigliare a un generale d'altri tempi.

«Avete fatto un buon viaggio?» domandò, senza smettere di sorridere.

«Ottimo, grazie!» rispose prontamente papà Nardi, mentre Angelo si limitava a una fredda e moscia stretta di mano.

«Sono Bruno» continuò l'uomo. «Vi faccio gli onori di casa per conto di mio nipote Gabriele, che sarà via per qualche giorno. Questa mattina è partito presto per andare a cercare ferro nella zona del Pasubio.»

«Magnifico!» esclamò Paolo. «Non vedo l'ora di vedere cosa ha trovato!»

Davanti all'entusiasmo di suo padre, Angelo rimase quantomeno perplesso. Di tutte le stranezze che aveva notato da quando erano partiti – l'improvviso buonumore, i sorrisi incoraggianti della madre, neppure un commento sul suo abbigliamento – nessuna lo aveva incuriosito come questa: "Perché tanto interesse per un mucchio di ferraglia? Quando siamo a Padova è una discussione continua per chi va a buttare il metallo in discarica, invece adesso papà si mette addirittura a cercare il ferro per portarselo a casa!" rifletté Angelo tra sé. "Mi sa che questo posto non gli fa bene."

«Ti sei addormentato in piedi!?»

La voce un po' stridula della madre lo distolse dai suoi pensieri. Per la verità, anche lei non sembrava molto entusiasta della sistemazione.

«Prendi le ultime valigie, così entriamo.»

L'interno della baita era assurdo, per metà sembrava un ristorante e per l'altra metà una specie di museo. C'erano teche e vetrine, foto in bianco e nero appese alle pareti, oggetti di ogni genere, vecchie medaglie arrugginite ed elmetti pieni di bozzi, borracce impolverate, monete di chissà quale era geologica.

«La Grande Guerra, l'hai mai sentita nominare?» domandò Bruno, notando la sua espressione smarrita.

Ad Angelo balenò un vago, ma proprio vago, ricordo delle scuole medie. La professoressa Tessari, con il suo fastidiosissimo profumo alla violetta.

«Mi sembra di sì... la Prima guerra mondiale, giusto? Dal 1912 al 1918?»

«Quasi, giovanotto! Dal 1914 al 1918. Dal 1915 per l'Italia, che è entrata in guerra un anno più tardi. Questa montagna è stata spettatrice e protagonista degli ultimi mesi di quel massacro. Ma davvero tuo padre non te ne ha mai parlato?»

Angelo fece no con la testa, un po' interdetto. Suo padre non gli parlava di tante cose, perché avrebbe dovuto parlargli di una guerra vecchia di cent'anni?

Bruno continuò: «Chi sale quassù ha un grande rispetto della nostra montagna, perché chi è morto in questi luoghi è rimasto qui. E noi lo dobbiamo onorare e rispettare. E sono morti in tanti...» concluse, sovrappensiero.

Angelo non capiva cosa ci fosse di tanto emozionante. Per lui la montagna era un ammasso di sassi, terra, erba e piante. E ferro.

Guardò il display del cellulare, come faceva spesso per sfilarsi da una conversazione che lo metteva a disagio.

Non c'era campo. Nessuna tacca.

3

Angelo Nardi portava il nome del bisnonno. Classe 1896, era morto ottant'anni dopo, nel 1976. In famiglia tutti sapevano che aveva combattuto in Grappa durante la "Guera Granda". Lui, però, non amava raccontare di quello che era successo lassù. Diceva solo, in dialetto: «*I miitari del Grapa ga visto robe brute: el tanfo dea morte... ea soferensa... a lealtà verso i compagni d'arma*». E poi, quasi sempre, piangeva.

Paolo Nardi all'epoca era poco più che un ragazzino. Il dialetto lo capiva poco, e alla guerra preferiva giocarci con gli amici. Alle parole non badava. Però gli occhi del nonno, quelli non li aveva mai dimenticati.

Anni dopo, diventato adulto, quando ripensava al nonno gli capitava di sentirsi in debito nei suoi confronti. Se n'era andato senza che Paolo gli avesse mai dato la possibilità di raccontare la storia della sua vita. La nonna Agnese qualcosa gli diceva, ma erano storie di quando la guerra era ormai finita: quando suo marito era tornato dal fronte, a casa non c'era rimasto nulla. «E Angelo mio è dovuto partire per le Americhe, in cerca di lavoro.»

Nelle Americhe, e precisamente nella Chicago degli anni Venti, Angelo aveva lavorato prima in miniera e poi come aiuto cuoco. Erano stati anni duri, per lui e per la sua famiglia, ma alla fine aveva messo insieme la sua piccola fortuna, sufficiente per tornare in Italia «*co trenta giorni de nave*». Era così che era riuscito a mettere su famiglia e ad avviare il pastificio.

Che la decisione di andare in Grappa fosse dovuta al ricordo di quel nonno lontano? Il "nuovo" Angelo adesso se lo chiedeva, ma domandarlo al padre gli sembrava inutile: Paolo Nardi decideva sempre da solo, da bravo capitano d'azienda. E poi ormai erano là, che differenza poteva fare sapere perché?

«Vi accompagno nelle vostre stanze» annunciò Bruno, indicando il corridoio stretto tra due bacheche zeppe di reperti bellici di ogni tipo: bottoni, lettere, cartoline, tutte cose che al ragazzo sembrava avessero poco da spartire con la guerra.

In fondo al corridoio, una ripida scala portava alle camere da letto.

«Questa è la tua, Angelo» disse Bruno mentre apriva la porta mostrandogli una stanzina con le pareti di legno, che facevano tutt'uno con le travi del soffitto. Un odore strano, come di pino e fieno, permeava l'ambiente. C'erano pochi mobili: un grande letto sul lato sinistro, un armadio decorato, un comodino, una sedia, tutto nello stile sobrio ma elegante della montagna.

«Angelo, ci vediamo a cena!» lo salutò Paolo, e guardando Bruno chiese: «A che ora possiamo cenare?».

Angelo rimase esterrefatto: evidentemente, in montagna non era suo padre a dettare legge.

«Quando preferite» gli rispose il vecchio.

«Allora ci vediamo verso le sette e mezza!»

Anche quella risposta lasciò il ragazzo perplesso. Per la prima volta dopo anni si cenava a un orario diverso dal solito.

Si tuffò sul lettone senza nemmeno sfilarsi le scarpe e sprofondò nel soffice piumino. Chiuse gli occhi per alcuni istanti, sentì i passi pesanti di Bruno che facevano scricchiolare le assi di legno mentre si allontanava dopo aver accompagnato i suoi nella loro camera.

Riaprì gli occhi e si guardò attorno. La stanza non era male, profumava di legno e di bucato, ma dalla finestra il panorama era desolante: non si vedeva altro che erba e roccia.

Si alzò di scatto con il suo telefono in mano, quando sentì una vibrazione. Forse c'era campo! Sì, un messaggio di Romano: "Dài, almeno lassù starai al fresco".

Angelo provò ad aprire Instagram... Falso allarme, nulla, nessun segnale. Ma non si diede per vinto: saltò sul letto, poi sulla sedia, sventolando lo smartphone come una bandiera nella disperata ricerca di quella tacca in più che avrebbe potuto riconnetterlo con il mondo di pianura.

Tutto inutile, il campo se n'era andato così com'era arrivato.

Deluso, Angelo si rituffò sul letto. «Mi fai fare una partita ad "Angry Birds"? Almeno questo me lo concedi?» sbottò, rivolgendosi direttamente al telefono, come Tom Hanks con il pallone da volley nel film *Cast Away*.

E, proprio come il pallone, lo smartphone non rispose.

Per la cena Bruno aveva riservato ai Nardi un tavolo d'angolo, vicino alla finestra.

Alle pareti erano appese alcune copertine della «Domenica del Corriere», con illustrazioni di gloriosi soldati e di epiche imprese.

Anche la copertina del menù era a tema e riportava la vecchia foto di un militare in uniforme.

Al centro di una tovaglia a quadretti bianchi e rossi, c'era un grosso bossolo di granata che fungeva da vaso per un bel mazzolino di fiori appena raccolti. Il bossolo segnava anche il numero del loro tavolo: il sette.

Angelo si presentò con l'immancabile cappellino calato, per cui non si accorse di quello strano vaso.

«Cos'è questo coso?» domandò al padre quando sollevò gli occhi. «In montagna anziché i vasi di cristallo si usano quelli delle tombe dei cimiteri?»

Paolo Nardi sorrise a quella domanda: era da diverso tempo che il figlio non gli chiedeva una qualche spiegazione. Per un attimo tornò indietro nel tempo, quando Angelo era un cucciolo curioso sempre alla ricerca di mille risposte ai suoi perché.

«Questo non è propriamente un vaso, è il bossolo di una granata italiana da settantacinque millimetri. Una ex bomba, per capirci!»

Angelo alzò appena lo sguardo. "Caspita, che figata, una bomba vera!"

Lo pensò, ma non lo fece capire a suo padre, anzi fece proprio finta che quell'informazione non gli interessasse affatto. Si sedette e cominciò a scorrere il menù del giorno. Tra tutte quelle novità, perfino i piatti proposti erano per lui assolutamente sconosciuti: spezzatino di cervo e cinghiale, canederli e specialità montane che prima d'ora aveva solo sentito nominare da Franco, il suo compagno di banco che aveva passato l'estate dallo zio in Tirolo.

Alla fine si decise per i canederli: lo affascinava il nome.

Quando Bruno glieli portò in tavola, il profumo di spezzatino aveva invaso la sala da pranzo. Angelo non seppe resistere e chiese una porzione anche di quello. Poi arrivò il turno della torta di ricotta, che con quell'incredibile aroma di limone rendeva ogni boccone celestiale.

Primo, secondo e dolce. Papà e mamma Nardi osservarono Angelo divorare la cena, finché alla fine fu inevitabile il commento di Paolo: «Allora, Angelo… mi sembra che la cena ti abbia fatto passare la malinconia di Padova! Come vedi, non è poi così male quassù».

Angelo non rispose, se non con la solita smorfia poco cordiale.

«Vabbe', chiacchierone come sempre» ironizzò il padre. «Se per stasera non hai altro da aggiungere, io e tua madre usciamo a respirare un po' di aria fresca.»

Lasciato solo al tavolo, Angelo si guardò in giro, per essere sicuro che nessuno lo vedesse. Poi, telefono alla mano, scattò una foto alla granata portafiori.

"Una bomba come centrotavola!" pensò. "Con questa ci faccio almeno duecento like!"

4

La vita di montagna, con i suoi ritmi legati al sorgere e al calare del sole, permette momenti di grande meraviglia e contemplazione. Solo chi l'ha visto può capire il fascino dell'imbrunire tra le cime, quando il tramonto accompagna dolcemente la natura che va a dormire. I profumi del bosco si fanno via via più tenui, come ad accogliere la luce bianca della luna. I grilli e le cicale cantano in sottofondo, e le civette rompono di tanto in tanto il silenzio della notte che scende.

È una magia che da sempre si ripete in montagna.

Solo durante la guerra la natura non parlava più, come per mostrare il timore o la rabbia verso chi la stava così violentemente profanando.

Angelo Nardi, però, in quel momento non pensava ai grilli, né tantomeno alla magia del tramonto. Voleva solo starsene un po' da solo, schiarirsi le idee e magari ascoltare un po' di musica, se fosse riuscito a trovare una zona con un briciolo di rete. Erano trascorsi due giorni dal suo arrivo, e non aveva ancora fatto neanche una passeggiata. Giusto qualche giro intorno alla baita, soprattutto in cerca di campo per sentire cosa combinavano gli amici, giù a Padova. La risposta arrivava sempre un po' singhiozzante, ed era sempre la stessa: si divertivano, al contrario di lui.

«Vado a fare due passi» comunicò un pomeriggio a suo padre, che dal terrazzo sorseggiava il caffè insieme alla moglie.

«Non ti allontanare troppo» si raccomandò il signor Nardi, senza nascondere un sorrisetto soddisfatto. Forse suo figlio si stava finalmente abituando alla vita di montagna...

Il ragazzo fece sì con la testa e si diresse verso la strada sterrata, seguendo un cartello che diceva: "Val d'Oro". La leggera discesa e il fresco della sera lo accompagnavano in quella tranquilla serata estiva, un po' distraendolo dai pensieri foschi che lo avevano tenuto occupato fino a quel momento.

Camminava di buon passo già da una decina di minuti, entrando sempre più nel fitto bosco di abeti, quando all'improvviso si trovò davanti un cerbiatto bellissimo. Angelo non conosceva molti animali selvatici, ma lo riconobbe subito perché ne aveva visto una foto su Internet qualche giorno prima. Gli venne in mente un libro illustrato che da bambino sfogliava insieme alla nonna, prima di addormentarsi.

Bambi: lo pensava più piccolo, ma la posa elegante era la stessa che ricordava.

Si scambiarono uno sguardo, gli occhi liquidi e nerissimi dell'animale puntati nei suoi. Poi il cerbiatto, con uno scatto, si lanciò nella boscaglia.

«Eh no!» esclamò Angelo. «Voglio la tua foto!» Estrasse veloce il telefono e si lanciò all'inseguimento del cucciolo.

Più Angelo correva e più il cerbiatto saltava lontano. Angelo scattava una foto dopo l'altra, ma nell'inquadratura ora si vedeva solo la coda, ora una macchia sfocata, ora solo bosco. S'immaginava già di postare la foto, raccogliere un sacco di like e almeno un po' d'invidia, e invece la foto non era mai come lui la desiderava.

L'inseguimento andò avanti ancora un po', fino a quando, con due grandi balzi, il cerbiatto sparì definitivamente alla sua vista. Solo allora Angelo si guardò intorno e si accorse di aver perso l'orientamento e la strada per la baita.

Il bosco era sempre più buio, e cominciava a fare freddo. La polo Ralph Lauren che aveva addosso era adeguata al centro città, non era di certo l'abbigliamento più adatto alla montagna, e soprattutto al bosco di sera. Il panico lo prese all'improvviso.

Cominciò a correre di qua e di là, senza accorgersi che ripeteva sempre lo stesso percorso. Ormai tutto era avvolto nell'oscurità e ogni ulteriore passo con le sue scarpe leggere diventava una scommessa con il destino.

«Maledetta montagna!» urlò verso il cielo. «Lo sapevo che non dovevo venire...»

Si accasciò a terra vicino a un grande albero e scoppiò in un pianto angosciato, come quando era bambino.

D'un tratto, dal folto del bosco sentì una voce pacata e profonda: «Questa montagna non è maledetta. È sacra. Ogni metro di terra, ogni albero, ogni sasso sono custodi di tante vite che quassù sono sepolte da tempo».

Angelo sentì un brivido di puro terrore percorrergli la schiena e attanagliargli lo stomaco. Avrebbe voluto muoversi per scappare, ma era come paralizzato.

Alzò gli occhi in direzione di quella voce, e vide una luce fioca avvicinarsi dal fitto degli alberi. Una torcia, forse?

«Non sono uno 'striaco» disse la voce.

Per la paura, Angelo quasi perse i sensi.

Poi si abituò alla luce. Non era una torcia, era una lanterna. E il suo proprietario era un giovane che a occhio e croce non arrivava a vent'anni.

«Chi sei?» riuscì a chiedere. «E cosa vuoi da me? Soldi? Prendi pure il portafoglio, ma ho solo cinque euro...» Poi, vedendo l'espressione attonita del ragazzo, si fece coraggio e aggiunse: «Ti avviso, sono un Nardi. Mio padre ti sguinzaglierà contro tutta la polizia di Padova. Ovunque ti nasconderai, lui ti troverà!»

L'altro aveva un'espressione sempre più sbigottita. Avvicinò la lanterna al viso di Angelo, poi cominciò a parlare, con il tono più calmo del mondo: «Senti, se preferisci rimanere nel bosco non ci sono problemi, ma mi sembri un po' nei guai, e allora... volevo solo aiutarti. Qua da noi si usa così. O ci si aiuta, o si muore».

La situazione restava piuttosto anomala, ma quelle parole tranquillizzarono un poco Angelo. A quanto pareva, quel tizio non aveva intenzione di rapirlo, né di derubarlo. Forse era un montanaro, uno che conosceva bene i sentieri. Forse avrebbe potuto aiutarlo a tornare alla baita.

Lo osservò con più attenzione: era molto pallido, ben pettinato, e indossava una divisa militare logora, fatta di panno verde scuro, con la giubba aperta e uno strano stemma sul bavero, raffigurante una fiamma nera.

Angelo pensò che fosse un militare di qualche tipo, ma non aveva idea di che tipo, e soprattutto non capiva cosa ci facesse nel mezzo del bosco a quell'ora.

"Forse è una guardia forestale fuori di testa" si disse. "Chi altro gira in divisa in piena notte? Non certo i vigili urbani... O magari fa parte di un corpo speciale contro gli incendi, ecco perché ha la fiamma sul bavero della giacca."

Non chiese nulla, però. Non voleva dimostrarsi sprovveduto e ingenuo davanti a quello strano individuo. Si limitò a domandare: «Ma chi sei? Cosa ci fai qui?».

«Mi chiamo Giuseppe, e abito su questa montagna da tanto tempo. Ti ho sentito piangere e ho pensato che avessi bisogno di aiuto.»

Chiunque fosse questo Giuseppe poco importava: nel bene o nel male rappresentava l'unica speranza per uscire dal bosco.

«Mi sono perso» disse Angelo. «Puoi aiutarmi a tornare alla baita sul monte Asolone? Alloggio lì...»

«Sicuro! Dài, che ti accompagno. Ce la fai a camminare?»

«Certo che ce la faccio!» dichiarò Angelo con decisione. Anche se si sentiva debole e aveva freddo, di sicuro non poteva dimostrarsi un pappamolle di fronte a quello sconosciuto.

I due si incamminarono e percorsero un breve tratto di boscaglia in ripida salita fino ad arrivare alla carreggiabile.

Erano giunti sulla strada, e Angelo piano piano aveva ripreso fiato. Non si sentiva più spaventato o in difficoltà. Adesso aveva così tante domande per il suo salvatore che...

Ma non ne ebbe il tempo, perché fu Giuseppe a precederlo: «Angelo, vero? Hai detto che ti chiami Angelo...».

«Non l'ho mai detto... come fai a sapere come mi chiamo?»

«Lascia stare, non te ne ricordi. Allora, Angelo, dimmi: come mai sei in Grappa?»

«Sono in vacanza con i miei genitori.»

«Ah, giusto!» disse Giuseppe. «Tuo padre è quello che mi cercherà per tutto il Grappa insieme alla polizia...»

«Ma no, dài...» borbottò Angelo, visibilmente imbarazzato. «Sai, è un modo per difendersi: ci si fa forti del padre per... non dirmi che non mi capisci, sarà capitato anche a te...»

«Mi sa di no» replicò Giuseppe. «Vedi, la mia giovinezza è stata molto diversa dalla tua. Questa montagna mi ha fatto da madre e da padre. La terra, la roccia, gli alberi mi hanno cullato e sculacciato, mi hanno insegnato a vivere e mi hanno punito se sbagliavo...»

«Giuseppe, ma chi saresti, Heidi? Cosa significa che non hai genitori, tutti ne abbiamo un paio, magari rompiscatole come lo sono i miei...»

«Non so chi sia questo Heidi, non l'ho mai conosciuto» rispose Giuseppe, confuso. «Comunque è la verità. Ho dovuto abbandonare la mia famiglia molto presto, e quassù non ci sono certo venuto per mia volontà.»

«Su questo ti capisco! Secondo te io sono venuto quassù perché amo il *birdwatching*? Mi ci hanno costretto, fosse stato per me me ne sarei stato tutta l'estate a Padova!»

«Angelo, non ti capisco... ma ti posso garantire che ci sono alcune cose molto preziose che impariamo ad apprezzare solo quando non le abbiamo più, o sono molto lontane da raggiungere.»

«Scusa, sai, ma non vorrai venire a farmi la pre...»

«So cosa pensi» lo interruppe il soldato. «Un montanaro, che va in giro a più di mille metri tra abeti e faggi, mucche e caprioli, non ha nulla da insegnare a un ragazzo di città!»

«Be'... non offenderti... ma penso sia proprio così!»

«Bene, allora facciamo un patto, io e te. Ci stai?» propose Giuseppe.

Angelo ci pensò un attimo, titubante e incerto. "Sono in un bosco, di notte, con un tipo fuori di testa..." rifletté. Poi però si disse che, visto che il cerbiatto gli era sfuggito, almeno avrebbe avuto qualcosa da raccontare ai suoi amici a Padova.

«Ok. Spara!»

Giuseppe fece un piccolo sussulto. «Immagino voglia dire che accetti?» chiese, dopo un attimo di smarrimento.

Angelo era interdetto. «Sì, certo.»

Giuseppe si fermò in una radura un po' meno buia, estrasse una scatola di metallo dal suo zaino e sussurrò: «Qui dentro c'è un diario. L'ha scritto una persona che non aveva una grande cultura, non era ricco e nemmeno famoso, ma...» Si interruppe, come se volesse essere certo che Angelo lo capisse bene. «Questo diario nelle sue pagine nasconde un grande mistero. L'ho con me da tanti anni, ma non ne ho capito subito il valore.

A lungo ho cercato la persona giusta a cui affidarlo, e... so che ti sembra assurdo, ma so che finché non troverò quella persona non potrò lasciare la montagna.»

Angelo capiva e non capiva. Lui poteva andarsene in qualunque momento dal Grappa, poteva tornare alla sua vita normale... in che senso Giuseppe non riusciva ad andarsene?

«È molto importante per me» continuò l'altro, senza dargli il tempo di chiedere nulla, mentre riprendeva a camminare. «Mi aiuteresti a trovare finalmente la pace che cerco da molto, molto tempo.»

Angelo gli andò dietro e allungò la mano verso la scatoletta. «Ma cosa bisogna fare?» domandò. «Devo leggerlo? E poi cosa succede? Dobbiamo cercare qualcosa? Qui non c'è Internet, servirà un computer...»

Pensava a mille cose tutte insieme, e intanto camminava rapido rigirandosi la scatola di latta tra le mani. Tra un pensiero e l'altro, si accorse solo all'ultimo di essere arrivato alla baita.

«Ma dov'eri sparito?» Il signor Nardi era preoccupatissimo.

«Sono andato a fare due passi e mi sono un po' perso. Per fortuna Giuseppe...»

Si girò verso il bosco. Voleva presentarlo a suo padre, ma Giuseppe non c'era più.

«Dài, entra che fa freddo! È arrivato Gabriele, e te lo voglio far conoscere.»

Angelo era sempre più confuso. Che si fosse sognato

tutto? Se non fosse stato per la scatola di latta, che ancora stringeva tra le mani, avrebbe pensato di sì.

Nel tepore della baita, il signor Nardi allungò al figlio un maglione pesante.

«Quella magliettina in montagna non va bene» commentò il vecchio Bruno. «Sarà pure di marca, ma qua ci vuole qualcosa di più adatto.»

Angelo ripensò alla giubba di Giuseppe e si guardò intorno, come alla ricerca del pezzo mancante per completare l'assurdo puzzle di quella serata.

Al bancone del bar, mamma Marisa chiacchierava con un bel ragazzo moro, dallo sguardo attento. Avrà avuto circa trent'anni, ma portava un velo di barba che gli dava un aspetto più maturo. Indossava scarponi e pantaloni da montagna, ma nel calduccio della sala si era sfilato il pile e aveva tenuto solo una maglietta scura. Sulla manica, Angelo notò subito la fiamma nera: lo stesso simbolo che Giuseppe portava sulla giubba.

«Ciao! Tu devi essere Angelo. Io sono Gabriele, il padrone di casa» sorrise, allungandogli la mano.

«Ciao... sì, sono Angelo. Tuo nonno mi ha parlato di te. Piacere.» Posò la scatola sul banco, per stringere la mano di Gabriele.

«Caspita!» esclamò lui, spalancando gli occhi. «È tua questa?»

Angelo annuì, incerto. Gabriele sembrava un bambino che vede un giocattolo tanto desiderato.

«Come l'hai avuta?»

«Me l'ha data un amico… cioè, un ragazzo che ho incontrato nel bosco, un certo Giuseppe. Forse lo conosci, credo abiti qua intorno.»

«Non conosco nessun Giuseppe che abita da queste parti, ma con tutte le persone che arrivano in Grappa durante l'estate è difficile raccapezzarsi.»

Angelo stava per ribattere che di certo Giuseppe non era un turista, ma Gabriele non gliene lasciò il tempo. «Posso guardarla bene?» gli chiese.

«Certo. A essere sincero, non l'ho ancora guardata nemmeno io. Possiamo aprirla qui insieme, se ti va.»

Gabriele non se lo fece ripetere due volte e si sedette di corsa al tavolo numero otto, spostò da una parte il bossolo con i fiori e cominciò a esaminare la scatola. Angelo non lo sapeva, ma quella non era una scatola qualsiasi.

«Un tempo queste scatole si usavano per contenere le maschere antigas» gli spiegò Gabriele, lasciandolo a bocca aperta. «Vedi? Si legge ancora la scritta: "Chi leva la maschera muore – tenetela sempre con voi".»

«E la maschera dov'è?» domandò il ragazzo, incuriosito.

«La maschera non c'è, purtroppo. Sarà andata perduta.»

Adesso infatti la scatola conteneva un quadernetto di circa venti centimetri: un piccolo diario. La pelle della rilegatura era lacera e sporca, le pagine ingiallite, l'inchiostro sbiadito. Sulla copertina si leggeva: "Caporale [...] Antonio cl. 1898, carrettiere". E poi, più in basso, come se fosse stato aggiunto in seguito: "An. 3 col. 28 to. 901".

«Il cognome è illeggibile. Che peccato» commentò Gabriele. Il suo sguardo però era acceso di entusiasmo. «Questo è il diario di un soldato che ha combattuto in Grappa. È un documento raro e molto prezioso. Vedi?» disse. «Era nato nel 1898, quindi era in guerra a diciannove anni. E qui dice che a casa, prima di essere arruolato, faceva il carrettiere.»

Angelo a questo punto era un po' deluso. Trovare una vera maschera antigas sarebbe stata una figata, il diario di un carrettiere nato nell'Ottocento lo era decisamente meno.

«Che significa la sigla sotto?» domandò, sperando in qualcosa di più appassionante.

Gabriele scosse il capo. «Non so risponderti... non ne ho mai viste prima.»

Con delicatezza aprì il manoscritto. Era ancora perfettamente conservato e leggibile, ma tra l'inchiostro stinto e la grafia dell'epoca, corsiva e inclinata, la lettura richiedeva non poca concentrazione.

Girando con attenzione le pagine, dal diario scivolò una vecchia foto sbiadita. Era una giovane donna, ritratta in piedi, in abiti sobri ma curati, con una morbida crocchia sulla nuca. L'avambraccio destro era poggiato su un alto treppiede. Dietro la foto, una dedica:

> A te, caro Antonio, che ricordandoti di me sai rendere ancora più radiante di fulgida luce questi miei novelli anni.
>
> Tua Giovanna

«Doveva essere la sua fidanzata...» mormorò Gabriele, visibilmente emozionato. «Ci pensi? Questo diario fino a poche ore fa era solo un pacchetto di fogli sgualciti. E adesso ha già un nome: Antonio. Non è incredibile pensare che su questa montagna di Antonio ce ne saranno stati a centinaia, forse migliaia? Ciabattini, manovali, contadini, tutti giovanissimi, tutti costretti a lasciare le loro case per andare a combattere. Per molti di loro, una Giovanna è stata l'ultimo pensiero prima della morte.»

Angelo sbadigliò. Per lui la giornata era stata particolarmente impegnativa e l'argomento non sembrava entusiasmarlo più del dovuto.

Gabriele lo notò: «Vai pure a dormire, oggi hai camminato parecchio e immagino sarai molto stanco. Tienilo tu, questo diario, magari nei prossimi giorni lo apprezzerai come il grande tesoro che rappresenta».

Angelo riprese il diario, lo infilò nello zaino, diede a tutti la buona notte e si diresse verso la sua stanza.

"Mistero, tesoro... quante parole sprecate per un banale diario" pensò tra sé, mentre si preparava per essere accolto fra le braccia di Morfeo.

5

La notte in montagna era talmente silenziosa che Angelo faticò parecchio a prendere sonno. Tutti i rumori cittadini che di solito cullavano il suo sonno, lì erano inesistenti.

Quando finalmente riuscì ad addormentarsi, Angelo fece un sogno.

Era a casa, a Padova: riconosceva la sua stanza, i suoi fumetti, le sue cose. A un certo punto qualcuno suonava alla porta e sua madre andava ad aprire.

Erano due uomini con la divisa simile a quella di Giuseppe. Angelo capì subito che non erano carabinieri, le loro giacche erano troppo strane e logore.

Nel sogno, si guardava attorno e vedeva che la sua casa si stava allontanando. Era rimasto chiuso fuori, non riusciva a rientrare dalla porta, e intanto quei due lo trascinavano via di forza verso il buio.

Sull'ingresso c'erano sua madre e suo padre disperati, poi all'improvviso compariva anche Zeno, poi Romano e via via tutta la compagnia che si allontanava sempre più dalla sua vista fino a sfocare e sparire. Per ultima Carlotta, bellissima, completamente vestita di nero, e anche lei disperata. Angelo urlava a squarciagola il suo nome: «CARLOTTAAAA!». Ma lei sembrava non sentirlo ed era via via più lontana.

Poi arrivava il buio, e con esso un nuovo scenario. C'era melma ovunque, Angelo si ritrovava coperto di fango dentro un profondissimo fosso. Attorno a lui c'erano un sacco di altri ragazzi della sua età: facce sconosciute, anonime e tristi. Tutti, compreso lui, erano vestiti da soldato.

Angelo cercava di avvicinarsi a qualcuno per chiedere dove fossero, cosa gli fosse capitato, ma non riusciva a muovere un muscolo. Si sentiva terribilmente solo e terrorizzato, come mai nella sua vita. Quel posto era il peggiore che avesse mai visto, persino la scuola era mille volte meglio. Iniziò a piangere disperato, mentre attorno tutti continuavano a ignorarlo. Allora si mise a urlare, supplicando di uscire da quel budello sporco e maleodorante. Gridava che avrebbe fatto qualsiasi cosa, che sarebbe stato uno studente modello se gli fosse stata data una seconda possibilità, ma nulla faceva pensare che qualcuno lo ascoltasse.

Poi, d'un tratto, tutti scappavano via, mentre lui continuava a non riuscire a muoversi. Provava a chiedere da cosa fuggissero, e solo allora, mentre si sgolava invano, vide chiaramente una bomba che arrivava verso di lui. La riconobbe, era come quella della sala da pranzo, e puntava dritto in direzione della sua faccia.

Poi di nuovo il buio. Angelo non sentiva dolore, ma quando tornava la luce si guardava le gambe e scopriva che non c'erano più. Il suo corpo era dentro una bara di legno. Attorno alla bara c'erano i suoi amici che piangevano e annuivano, sentiva Zeno dire a Romano che non c'era più nulla da fare. Lui però vedeva ogni cosa e provava disperatamente a chiedere ai suoi amici di salvarlo, a spiegare che non era morto, ma niente, tutti piangevano come se nessuno lo sentisse, finché qualcuno decideva che era ora di mettere il coperchio alla bara.

A quel punto, Angelo si svegliò di soprassalto, completamente fradicio di sudore.

Dalla finestra, nel silenzio della montagna, si stava avvicinando l'alba di un nuovo giorno.

6

«Giuseppe mi ha detto che questo diario nasconde un mistero… ha detto che è una cosa importante, e io gli credo. Ma non so cosa significa. Tu puoi aiutarmi?»

«Be', non ho ancora capito come faceva il tuo amico Giuseppe ad avere in casa un simile tesoro, ma la cosa mi appassiona molto. Il primo passo per capirci qualcosa, però, è leggere il diario.»

Angelo fece una smorfia. Leggere non era certo una delle sue attività preferite, tantomeno se si trattava di un vecchio diario ammuffito della Prima guerra mondiale – argomento pericolosamente vicino alle interrogazioni di storia che a scuola faceva di tutto per evitare.

«Eddài, Angelo!» lo incalzò Gabriele. «Non dirmi che non sei neanche un po' curioso.»

«Be', sì. Però leggerlo tutto…»

«Cominciamo, almeno! Leggiamo insieme le prime pagine, così puoi decidere se andare avanti o no.»

Senza aspettare la sua risposta, Gabriele aprì con cura il diario, posando lo sguardo sulle parole del soldato.

11 ottobre 1917

Mi è giunto oggi l'atteso e sperato telegramma: debbo presentarmi domani pomeriggio al distretto di Sassari. Ne sono felice, ormai erano dieci giorni che aspettavo di poter dedicare la mia giovinezza alla amata Patria. Indosserò la mia divisa, spero mi accompagnerà per molto tempo.
Sento forte l'ira per l'Austria.
Chissà cosa mi aspetta da domani.

A cena il babbo ha fatto fatica a trattenere le lacrime, nonna Angelina e mamma neppure si sono sforzate.
La cena è stata piena di raccomandazioni. Dentro la mia cassetta la nonna ha riposto una maglia di lana buona per le fredde serate al fronte.
Dopo la cena, sono andato a salutare la mia amata Giovanna. Al mio ritorno metteremo su casa, lavoreremo la terra e avremo tanti figli. Cosa altro può volere un uomo se non vivere libero nella sua terra con sua moglie e i suoi figli?
Un lungo abbraccio e la promessa di scriverle tutti i lunghi giorni al fronte. E domani via, verso la stazione.

*

12 ottobre 1917

Sono salito sul treno con un nodo alla gola. Mi sento terribilmente solo, ma finalmente sto per fare ciò che ho sempre sognato. Ritornerò presto, sereno, con l'orgoglio di donare i miei diciannove anni alla Patria.

A Sassari mi hanno comunicato la mia destinazione: fino a Roma via mare, poi in treno fino a Udine e da Udine verso Plava. Infine la Bainsizza, dove i nostri valorosi fanti hanno fissato i nuovi confini della Patria. A noi, il compito di mantenere quei confini.

«Ma come fa un ragazzo di diciannove anni a voler andare in guerra?» sbottò Angelo, ripensando all'incubo della notte prima. «Questi erano tutti pazzi!»

Gabriele sorrise, sorpreso dal fatto che il ragazzo si fosse finalmente interessato a qualcosa.

«Ai nostri giorni non è facile capire certe cose. Era tutto diverso, a cominciare dalla mentalità della gente. Per comprendere cosa è successo cento anni fa, forse è il caso che prima ti racconti un po' la storia di quel tempo. Il nostro Antonio era un carrettiere della campagna sarda: la sua visione del mondo era limitata al suo paese o poco più. Le sue giornate erano sicuramente fatte di tanto, faticosissimo lavoro nei campi, alla sera una cena frugale e nessun divertimento. Per accettare di vivere così, bisogna essere dei grandi idealisti, e Antonio e i suoi coetanei senza dubbio lo erano: si spezzavano la schiena ogni giorno sperando di costruire per sé e per gli altri un futuro migliore. Avevano fiducia nel prossimo e, poiché a quei tempi la cultura era un privilegio destinato a pochi, consideravano quei pochi le loro guide. Non a tutti era data la possibilità di imparare a leggere, scrivere e far di conto, eppure il nostro Antonio lo sapeva fare: un piccolo mistero, visto che era un semplice carrettiere. Forse era un autodidatta, o forse qualcuno in famiglia glielo aveva insegnato, e questo deve avergli dato ulteriore fiducia nel futuro. Chissà cosa sognava per la sua vita, prima di andare in guerra. Pensa, Angelo: quando arrivò la chiamata alle armi, prese tutto il suo giovane entusiasmo, la sua voglia di cambiare, il suo patriottismo, e si gettò verso l'ignoto. Antonio e gli altri ci credevano, immaginavano che la guerra avesse a che fare con la patria, con l'orgoglio, con gli ideali, e non con la sete di potere di pochi... Ma perché mi guardi così?»

Assorto nel suo monologo, Gabriele non aveva notato la faccia perplessa di Angelo.

«Scusami, mi sono lasciato trasportare dalle emozioni e quando succede parlo più del dovuto» gli disse. «Tu sai sicuramente di cosa sto parlando, vero? Sai come iniziò la Grande Guerra, lo hai studiato a scuola.»

Quella frase, messa lì senza cattiveria, spazientì vistosamente il ragazzo, che borbottò con tono infastidito: «Ecco, Gabriele, meglio che non tocchiamo l'argomento, se nomini ancora quella parola giro l'angolo e ci si vede».

«Che parola? Scuola?» chiese l'altro interdetto.

«Esatto. Quella parola quando ci sono io non la devi usare!»

«Va bene, cercherò di ricordarmelo. Ne deduco quindi che non ricordi com'è cominciata la guerra. Lascia che ti racconti com'è andata, posso?»

Angelo si limitò ad annuire, dandogli il permesso di continuare.

«Nel 1914, tre anni prima che il nostro Antonio si arruolasse, l'Italia era divisa in due: da una parte i contadini, gli artigiani e la povera gente, dall'altra i ricchi e i nobili. La televisione non c'era, nelle campagne si parlava il dialetto e tanti non sapevano né leggere né scrivere. Trent'anni prima, nel 1882, l'Italia aveva stretto un patto con altri due Stati: la Germania e l'Austria-Ungheria. Il suo nome era Triplice Alleanza, e il suo obiettivo era bloccare la politica espansionistica della Francia. Come vedi, agli italiani i francesi non erano simpatici nemmeno prima della testata di Zidane!»

Il ragazzo sorrise appena. «Sì, ma cosa c'entra questo con Antonio?»

«Ci arrivo. Quando scoppiò la Prima guerra mondiale, l'Italia inizialmente si dichiarò neutrale...»

«Detesto la neutralità» lo interruppe bruscamente Angelo. «La neutralità non è da uomini, devi schierarti da una delle due parti. Anche quando i miei amici litigano, o stai con uno o con l'altro, non puoi starne fuori, devi buttarti nella mischia e difendere i tuoi diritti.»

Gabriele sorrise. «Angelo mio, non sei per nulla diverso da quei ragazzi di cento anni fa. Il pacifismo, come lo chiamiamo noi oggi, all'epoca era considerato vigliaccheria. In molti pensavano che quella situazione di neutralità fosse disonorevole, e che non dovesse durare. Come hai già intuito dalle prime pagine del diario di Antonio, all'epoca l'orgoglio nazionale era molto forte: l'Italia era unita da nemmeno sessant'anni, e il sentimento più comune era l'ostilità verso chi ci aveva sottomessi, prima fra tutti l'Austria-Ungheria.»

«Ma non mi hai appena detto che era nostra alleata?» osservò Angelo un po' perplesso.

«Bravo! Mi stai seguendo!» esclamò Gabriele compiaciuto. «Il fatto è che la Triplice Alleanza era un accordo difensivo: se uno dei tre Stati membri fosse stato attaccato, gli altri sarebbero dovuti intervenire. Ma se l'Austria-Ungheria decideva di attaccare la Serbia, l'Italia non aveva nessun dovere di seguirla in guerra.»

«Ma allora cosa...»

«Purtroppo, come spesso avviene in questi casi, i due governi non trovarono un punto d'accordo. L'Austria era convinta che dovessimo aiutarla. Noi eravamo convinti del contrario. E, nel frattempo, facevamo il doppio gioco.»

«Noi italiani?» Angelo sembrava quasi offeso.

«Eh già. In gran segreto, l'Italia si stava mettendo d'accordo con la Francia e l'Inghilterra, i due Stati nemici che prima avrebbe fatto di tutto per ostacolare.»

«Ma... perché?»

Per Angelo era difficile ragionare senza mezze misure. Le guerre che aveva in mente erano semplici da capire: o bianco o nero, o buono o cattivo. Invece quella situazione era confusa, ingarbugliata, senza un contorno netto a cui fare riferimento. Qual era il reale motivo dell'improvviso cambio di fronte?

Gabriele capì i suoi dubbi e cercò di aiutarlo: «Per strappare dei territori agli austriaci. Il Trentino, Bolzano, Trieste e il basso Isonzo adesso sono italiane, ma all'epoca erano ancora sotto il dominio dell'Austria. L'Italia voleva riprendersele. Così, quando le trattative si chiusero, dichiarò guerra alla sua alleata, l'Austria-Ungheria. Era il 23 maggio del 1915». Fece una pausa, un po' pensieroso, studiando lo sguardo di Angelo. Poi riprese: «Il giorno dopo, alle quattro del mattino, il primo colpo di cannone italiano partì proprio da qui vicino: dal Forte Verena, sull'altopiano di Asiago. Il paesaggio si trasformò: dove oggi vedi erba, caprioli e cespugli, c'erano solo trincee scavate nel fango, nella roccia, a volte persino nel ghiaccio, dove i soldati se ne stavano ammassati sperando di tornare a casa vivi. Per il nostro Antonio e per molti altri ragazzi dell'epoca quello fu l'inizio di una lenta e inimmaginabile agonia...».

Gabriele guardò il giovane che gli stava seduto davanti. I gomiti piantati sul tavolo, si reggeva la testa con le mani, ma lo sguardo era attento e curioso. Consultò l'orologio sulla parete: «Angelo, ti rendi conto che hai passato le ultime due ore ad ascoltare una lezione di storia?».

Angelo arrossì per l'imbarazzo. «A scuola non ce la raccontano così...»

Gabriele esplose in una risata. «Io ora devo andare, ho delle cose da fare in paese. Se ti va, però, nei prossimi giorni possiamo continuare a leggere il diario e indagare sulla vita del nostro Antonio. Adesso va' da Bruno e fatti dare una bella fetta di torta di mele!»

Il ragazzo non se lo fece ripetere. Due ore di storia bastavano e avanzavano.

Divorò la torta, si infilò le cuffie e se ne andò fuori sul prato ad ascoltare la musica.

Più tardi, quando i suoi genitori lo invitarono a fare una camminata insieme, accettò senza neppure un mugugno.

«Ti stai ambientando, eh!» commentò suo padre.

E, anche se un po' gli seccava ammetterlo, Angelo pensò che era vero. Quel posto lo affascinava sempre di più.

7

I giorni passarono uno dopo l'altro. I signori Nardi sembravano rilassati e sereni. Quando la famiglia si riuniva a cena, il clima era completamente diverso da quello vissuto in città: Angelo parlava delle sue piccole scoperte, delle passeggiate e delle persone che incontrava; suo padre lo ascoltava volentieri e sua madre partecipava alla conversazione entusiasta. Anche l'inseparabile smartphone non era più così inseparabile. Angelo ormai lo usava di rado, e quasi solo per scattare meravigliose fotografie di montagna. Una sera ne scattò una incredibile: il sole che stava tramontando illuminava i Colli Alti di un rosso così acceso da togliere il fiato. Le ombre lunghe della sera creavano effetti di chiaroscuro meravigliosi. La postò su Instagram, ci teneva a condividere con il mondo quelle emozioni così nuove per lui, e ne fu piacevolmente colpito quando, qualche giorno dopo, vide il like di Carlotta.

“Ma dài!” si ritrovò a pensare. “Magari è un’amante della montagna… Quando torno a Padova posso raccontarle le mie vacanze, chissà mai, se mi va bene posso pure portarla in gita quassù da Gabriele…” Fantasticò parecchio su quel like, ma presto anche quel pensiero (come tutti gli altri che riguardavano la sua vita in città) passò in secondo piano, sostituito dall’intensità delle camminate che si susseguivano, dei panorami mozzafiato, delle mangiate monumentali.

Si sentiva bene. Quella che era partita come la più terribile delle vacanze, pian piano stava cambiando aspetto. Qualche giorno prima aveva addirittura improvvisato una partita di calcio con alcuni turisti tedeschi, capitati lassù per caso.

In tutto quel gran daffare, però, aveva completamente trascurato Antonio e il suo diario, che se ne stava in fondo allo zaino senza che nessuno si curasse di lui.

Finché, una mattina, Gabriele si presentò al tavolo della colazione. «Hai da fare oggi?» gli chiese.

«Sono libero» rispose Angelo, dando l’ultimo morso alla fetta di crostata ai frutti di bosco.

«Bene. Allora vieni con me, e porta il diario: voglio farti conoscere un amico, magari lui ci può aiutare.»

Mezz’ora dopo i due partirono in direzione della Val Campeggia. Camminarono per circa un’ora. Angelo si guardava intorno godendosi il tepore estivo che filtrava tra i rami degli abeti, mentre Gabriele snocciolava ipotesi e congetture sul diario e i suoi segreti. Infine, arrivarono all'imbocco della strada che sale a Camposolagna.

Dall'alto della sella, la montagna era splendida. Il panorama spaziava su tutta la pianura veneta, da Bassano ai colli Euganei, fino a mostrare, nelle mattine terse come quella, anche uno spicchio di Venezia e della laguna.

«Quando si sale quassù è facile capire come agli occhi degli austriaci questa fosse la porta di ingresso per il nostro Nordest» gli fece notare Gabriele. «Da qui si vede tutto.»

Angelo annuì guardandosi intorno. Si immaginò di essere anche lui lassù di vedetta: all'improvviso nel suo binocolo comparvero le truppe austroungariche, che scendevano dall'Asolone come un fiume in piena e puntavano dritte alla pianura. Li vedeva, quasi ne sentiva l'odore e il rumore assordante degli scarponi chiodati. Non c'era tempo da perdere, bisognava dare immediatamente l'allarme, avvisare i compagni, da lui dipendeva lo loro vita o morte...

«Che fai, dormi in piedi?»

Gabriele si era accorto che Angelo era immerso in una specie di sogno a occhi aperti e lo riportò alla realtà.

«No, scusami. È che stavo riflettendo su questo posto. Non ci avevo ancora mai pensato prima.»

«Non avevi mai pensato a cosa?»

«Che questa stessa terra dove siamo ora noi è stata calpestata da chissà quanti soldati, e che per molti di loro questo panorama è stato l'ultima cosa che hanno visto prima di morire.»

Gabriele annuì. «Proprio così. Lo hanno fatto per le loro famiglie in pianura, per continuare ad avere quel poco che avevano in libertà.»

Angelo sentì che gli occhi cominciavano a inumidirsi. Incolpò una fantomatica allergia che non aveva e si riempì i polmoni del profumo di erba e muschio, legno e sole e terra. Profumo di libertà.

Lui e Gabriele camminarono ancora un po', finché arrivarono a una casetta immersa in una pineta naturale. Una veranda ombreggiava due sedie di paglia, con un tavolino e una vecchia sdraio. Là sotto sedeva un uomo che agli occhi di Angelo avrà avuto almeno cento anni.

Gabriele spinse il cancello ed entrarono nel viottolo.

«'Giorno, Piero!»

Il vecchio rispose alzando leggermente il braccio.

Non aveva visto la Grande Guerra, lui, ma era figlio del Grappa. Viveva da sempre in quella casa, che lasciava solo negli inverni più rigidi per scendere in pianura, per poi tornare in primavera con le vacche da portare al pascolo. Sapeva fare il bastardo, il morlacco e lo schiz: i formaggi della sua montagna. E aveva imparato fin da bambino a insaccare le soppresse e i salami. Ma, soprattutto, Piero era stato un testimone di quello che la guerra aveva lasciato sulla montagna.

«Chi è il foresto?» domandò, senza staccare lo sguardo da Angelo.

Gabriele sorrise. «Ti presento Angelo, viene da Padova e passerà un mese qui da noi. Qualche giorno fa ha incontrato un ragazzo che gli ha dato il diario di un soldato del Grappa...»

Angelo tirò fuori dallo zaino il quadernetto e lo porse al vecchio.

Piero lo prese con delicatezza, lo rigirò tra le mani osservandolo bene, poi disse: «Così sei tu il giovane cercatore scelto dalla montagna».

Angelo corrugò la fronte. Era la prima volta che saliva lassù, la prima volta che vedeva quell'uomo. Cos'era, una specie di storia fantasy, in cui il protagonista scopre a un certo punto che tutti aspettavano lui per essere salvati?

«Scusi, signor Piero... ma in che senso?»

«Ecco, Angelo, era da un po' che volevo dirtelo...» Gabriele guardò il giovane come se quell'incontro fosse stato premeditato da diversi giorni.

«Dirmi cosa, Gabriele?»

«La montagna sceglie a chi fare regali tanto preziosi come il diario che hai ricevuto tu. Io passo tante ore con le mani nella terra per cercare segni lasciati dalla nostra storia. Tutte cose piccole, di poco conto, non ho mai trovato nulla di così chiaro, così incredibilmente significativo. Angelo, tu sei un prescelto: la montagna ha deciso che tu sei la persona giusta.»

Angelo era senza parole. Lo stomaco sfarfallava, come quando vedeva Carlotta. Era eccitatissimo all'idea di essere un eletto, anche se non aveva ancora chiaro cosa significasse e per quale motivo Giuseppe (o la montagna) avesse scelto proprio lui, anziché Gabriele o qualcun altro che viveva lassù.

«Angelo, ascolta Piero: quando ho visto il diario ho subito pensato alla sua storia.»

I due ragazzi si misero seduti e il vecchio Piero iniziò a raccontare una vicenda che sembrava ripescare nella memoria più lontana. «Molto tempo fa» iniziò, «quando ero un *puteléto*, quassù salì un uomo ben vestito, molto alto e con una bella barba bianca. Succedeva spesso che qualcuno si fermasse a chiederci ospitalità: anche i montanari più esperti temevano il muro di neve della Val Campeggia. Lui era uno di loro. Mio padre lo fece sedere vicino al fuoco, mentre mia madre gli offriva del vino. All'epoca si faceva così, ci si fidava... Comunque, quell'uomo ci disse che voleva arrivare sull'Asolone. Sapeva l'italiano, ma l'accento non ingannava: era tedesco, o austriaco.» Piero guardava fisso davanti a sé, come per aiutare la memoria. Parlava adagio, con voce ferma. «Mio padre ovviamente gli disse che era una pazzia. Con la neve la strada per l'Asolone era chiusa, e in montagna in quella stagione non avrebbe trovato nessuno. Be', quello lì insisteva e insisteva. Alla fine si accordò con mio padre e lo pagò in anticipo, profumatamente: non appena la strada fosse stata percorribile, papà doveva scendere a valle, incontrarlo alla locanda dove alloggiava e accompagnarlo in montagna.

«In primavera la neve si ritirò e mio padre mantenne la parola: scese a valle e accompagnò quel signore in cima all'Asolone. Siccome quel foresto aveva un bel po' di attrezzatura, mi chiese di andare con loro per aiutarli. Arrivati in cima, era come se la guerra fosse finita da pochi giorni. Si vedevano ancora i crateri delle granate austriache del Prassolan, e i resti dei baraccamenti militari. Poi c'era una postazione da mitragliere con la forma a uovo, ed era proprio a quella che il tedesco era interessato.» Piero socchiuse gli occhi, come per ripercorrere quel momento. «Entrò con lo zaino in spalla. Io ero un bambino, ero curioso. Non seppi resistere e lo seguii. Appena dentro, vidi che era commosso, come se fosse tornato a casa dopo un lungo viaggio. Poi prese dallo zaino una fotografia, la posizionò sulla feritoia di puntamento, quella che i mitraglieri usavano per sparare, e la fermò con una pietra. Dopo si mise a misurare in giro con i suoi strumenti, e intanto annotava tutto su un taccuino nero. Dopo circa un'ora uscì dalla buca e, vedendo che lo stavo osservando, mi disse che la montagna custodiva un mistero, ma lo avrebbe rivelato solo al momento giusto. La montagna ti sceglie, ragazzo. Potresti essere tu il cercatore che aspettava.»

Mentre Angelo cercava un modo educato di rispondere, senza dare del vecchio pazzo al signor Piero, quello guardò l'orologio e si rianimò: «*E desso fora, che xe tardi!*» impose, senza possibilità di replica.

«E ora cosa facciamo?» chiese Angelo a Gabriele, quando ripresero la strada di casa. «Non mi sembra che quel signore ci sia stato di grande aiuto...»

«Leggiamo il resto» rispose Gabriele allargando le braccia. «Cerchiamo di capire se il mistero di cui parla Piero e quello del diario siano in qualche modo collegati.»

Si fermarono lungo il sentiero dei prati, sopra il colle Avverso. La pianura sottostante era come un gigantesco e silenzioso formicaio. Mangiarono pane e formaggio, assaporando il pane cotto a legna e il formaggio che sapeva di fieno, in perfetta sintonia con i profumi dell'erba e del bosco che li circondavano. Lassù era così facile dimenticare l'odore acre dello smog e degli scarichi delle auto!

Fu una passeggiata tranquilla, fatta di poche parole.

«Che ne pensi se leggiamo già adesso qualche altra pagina del diario?» chiese Gabriele quando furono arrivati davanti alla baita.

Angelo si mise sulla difensiva: «Leggere? Adesso sono proprio stanco, non penso che capirei nulla... Per oggi preferisco stendermi un po', magari ne riparliamo domani».

«Come vuoi! Allora io vado a dare una mano in cucina a Bruno, magari ci vediamo dopo.»

Gabriele si avviò all'interno mentre Angelo, ancora frastornato dalla mattinata intensa, salì al piano di sopra.

La baita era tranquilla, Paolo e Marisa erano usciti a passeggiare e dalla sua stanza Angelo sentiva solo il silenzio della montagna, intervallato appena dal rumore di stoviglie che arrivava dalla cucina. "Vediamo se ci sono novità su Instagram" pensò, approfittando di quel momento di quiete.

Solite acrobazie circensi per trovare un filo di rete, sembrava non ci fosse nulla di lontanamente simile a una connessione. Poi all'improvviso comparve una tacca solitaria.

"Ma vieni! Dài, che forse riesco a chiamare Zeno!"

Nulla da fare: il telefono neppure squillava. Un falso segnale, direbbe qualcuno di esperto.

"Ho capito, sarà un pomeriggio musicale" si disse Angelo, e quasi si tuffò nello zaino alla ricerca delle sue supercuffie.

Allora con le mani toccò il contenitore metallico che conservava il diario. Prese la scatola ed estrasse il manoscritto con rispetto: "Eccoci qui, io e te. Ci si rivede, Antonio".

Dopo tutto ciò che era successo, quel diario quasi lo intimoriva. Ma, complice la noia del lungo pomeriggio estivo che aveva davanti, il ragazzo riprese prima a sfogliarlo distrattamente e poi a leggerlo da dove si era interrotto qualche giorno prima:

18 ottobre 1917

Sono stato assegnato alla brigata Tortona, undicesima compagnia sezione mitragliatrici.
La prima settimana al fronte è stata tranquilla, qui non sembra nemmeno di essere in guerra. Questa mattina ha anche smesso di piovere e finalmente si vede un poco di sole. Era da giorni che ci svegliavamo tutti bagnati, e non pareva vero di poter asciugare i panni. Al mattino il campo è tutto un andare e venire di fanti scamiciati che aspettano di avere la loro razione di caffè e pane. Poi ci sono le esercitazioni. Oggi per la prima volta abbiamo iniziato a lanciare i petardi Thévenot: arrivano dai francesi, e bisogna lanciarli in piedi perché le schegge hanno un raggio d'azione di soli quindici metri. Ci hanno mostrato anche la Sipe, una bomba a mano micidiale, grande come un grosso limone. Non l'abbiamo provata però, perché il suo raggio d'azione è di sessanta metri. Troppo pericoloso.

Pessime notizie dal comando della seconda armata, sembra che gli austriaci abbiano un nuovo gas che fa tossire e obbliga a togliersi la maschera.
Nessuno ha avuto il coraggio di commentare. Questa notizia ci ha lasciati tutti molto impressionati.

*

22 ottobre 1917

Oggi c'è una strana atmosfera al campo. Il nostro tenente, un giovane di nome Rosa, che arriva da Iseo, è stato chiamato a rapporto e al suo ritorno sembrava turbato.
Tra i fanti corre voce che sul «Corriere della Sera» dell'altro ieri ci fossero delle notizie che facevano pensare a un attacco.

*

23 ottobre 1917

Oggi siamo partiti. Siamo saliti sui camion e in tarda serata siamo arrivati a Udine.
Mi sento sempre più vicino al combattimento per questa giusta guerra.

*

25 ottobre 1917

Terribili notizie sono giunte dalla nostra prima linea. Il nemico ha sfondato a Tolmino ed è già entrato a Caporetto.
Il tenente Rosa ha scelto quindici uomini e io, con mio grande orgoglio, ero uno di loro. Il compito che aveva-

mo era di guidare i nostri soldati sbandati, inquadrarne il più possibile e farli marciare con ordine verso il Piave, dove stiamo cercando di riorganizzare la linea difensiva. Il fiume in piena è la nostra speranza.
Appena si esce da Udine, i segni della tragedia sono evidenti. I lati della carreggiata sono disseminati di carri abbandonati e carcasse di cavalli.
Abbiamo incontrato un gruppo di fanti sporchi di fango, quasi tutti senza moschetto ed elmetto.
«Cosa è successo?» ha domandato Rosa.
«I germanici hanno attaccato» ci hanno risposto. «C'era nebbia fitta e pioveva, c'era una grande confusione. Abbiamo dovuto lasciare la posizione.»
Nella loro voce c'era molta paura.

*

26 ottobre 1917

Manca il rancio, dobbiamo accontentarci di poco pane a testa. La pioggia battente e il fango rallentano la marcia. Tutto attorno a noi è disperazione.
Cari genitori, se sapeste adesso in che condizioni vive il vostro amato figlio... Penso ogni momento a voi e a Giovanna. È l'unica mia forza per andare avanti.
I piedi sono pesanti e le poche ore di riposo si fanno sentire terribilmente. Appena possiamo fermarci dormiamo, su di un muro, per terra o nel fango.

Dicono che ormai gli austriaci sono già a Cividale.
I soldati ne parlano come di diavoli scatenati.
Ho una grande paura di non farcela.

*

3 novembre 1917

Sono vivo.
Faccio fatica a crederlo, ma ce l'abbiamo fatta.
Cari mamma e papà, ho visto cose che non dimenticherò mai.
Le povere genti sconvolte, nelle terre in cui passavamo, cercavano di caricare le loro poche cose sui carri, che si impantanavano nel fango.
Molti di noi sono crollati a terra senza più rialzarsi, sfiniti dalla fame, dal sonno e dalla pioggia battente.
Dopo sette giorni di sofferenze, ora siamo salvi.
Un lungo treno adesso ha l'incarico di portarci a Padova. Le truppe che hanno visto il fronte devono riprendere le forze.

*

7 novembre 1917

Da Padova ci siamo diretti a Rovigo, sufficientemente lontani dalla linea del fronte per poterci rifocillare

e riposare. Qui la trincea sembra lontana, ma i muri della città sono tappezzati di manifesti con nomi di disertori e briganti, militari allo sbando che si sono messi a rapinare e saccheggiare i dintorni.
Quando li cattureranno, saranno passati per le armi.
La guerra è guerra e la disciplina evita che gli uomini diventino bestie.

*

18 dicembre 1917

Cari genitori, cara Giovanna,
gli austriaci premono sul Grappa. Quello sarà il mio posto, a difesa della montagna.
Se gli austriaci passano da lì, in un attimo scenderanno a Bassano, a Vicenza e a Padova.
Se occupano la pianura, la guerra è persa.

*

21 gennaio 1918

È passato il primo Natale in guerra.
Ho vissuto il santo giorno nel ricordo di casa. Mi ha rincuorato il pensiero della festa, della santa messa cantata, del vino buono che babbo teneva per brindare. Qui la nascita di Nostro Signore è un giorno

come un altro: non ci si fa gli auguri perché dicono che porti male. Ci si guarda in faccia e ci si scambia un saluto. Tutto qui.

Oggi finalmente sono arrivato ai piedi del Grappa, nella località di Borso. È un piccolo borgo che ha la fortuna di essere nascosto al fuoco nemico. Infatti, a differenza dei paesi vicini, qui la popolazione non è stata sfollata.

Attendiamo ordini per prendere la strada della cima.

*

24 gennaio 1918

La sosta a Borso è durata solamente un paio di giorni. Ieri a tarda sera abbiamo iniziato la salita verso la cima del Grappa.

Quassù fa freddo, un freddo che non ho mai provato in vita mia. Si gelano le dita, la pelle diventa bluastra e si taglia. I miei compagni che ci sono più abituati mi hanno insegnato a pisciarmi sulle mani per scaldarle, e funziona.

La strada per arrivare è impervia e buia; è difficile tenere il passo e ben presto ci siamo ritrovati in una lunga colonna. La fatica si faceva sentire e quando abbiamo finito le scorte d'acqua la salita è stata ancora più dura. Solo a tarda notte, arrivati in un vallone, il tenente ci ha ordinato di posizionare i teli tenda per riposare.

*

20 febbraio 1918

Vorrei scrivere a voi genitori, e a te Giovanna, la grande novità.

Oggi il mio tenente mi ha scelto per seguirlo in una nuova, grande impresa: da domani indosserò la divisa da Ardito e inizierò le esercitazioni!

È un grande onore che spetta a pochi eletti. Spero di esserne degno.

8

Angelo aveva passato quasi tutto il pomeriggio a leggere il diario del soldato Antonio. Pagine per lui spesso enigmatiche, scritte con fatica, con tanti vuoti da riempire. Eppure, il pensiero che quella fosse la vita quotidiana di un ragazzo di un secolo prima, spedito in guerra lontano da casa e dalla famiglia, gli dava una specie di vertigine.

A un certo punto aveva trovato questa novità: gli Arditi. Dopo tutti quei giorni pieni di paura, stanchezza e disperazione, Antonio sembrava entusiasta. Angelo però non capiva: era un Ardito, e cioè?

Quando sentì i primi rumori della cena provenire dalla cucina, scese in un baleno le scale. Nella sala, ancora semivuota, c'era Gabriele intento a sistemare i tavoli.

«Eccoti qua!» disse con sorpresa vedendolo. «Hai dormito parecchio, eh?»

«Chi sono gli Arditi?» gli domandò Angelo, senza nemmeno salutarlo. «E come mai Antonio era così orgoglioso di essere diventato uno di loro?»

Gabriele strabuzzò gli occhi e posò i bicchieri che aveva in mano.

«Davvero non sai chi erano gli Arditi?» chiese.

«E che ne so? C'è scritto nel diario. Antonio dice che ha seguito il suo comandante, un certo Rosa...»

«Ermes Aurelio Rosa, o meglio il tenente Rosa. Vuoi dire che... oh, dài Angelo, vai a prendere il diario!»

Il ragazzo salì in camera sbuffando, per ridiscendere subito dopo con il vecchio manoscritto.

«Fino a dove hai letto?» chiese Gabriele.

«Fino a febbraio del 1918. Però molte pagine sono proprio difficili da leggere...»

«Aspetta» lo interruppe l'altro. «Proviamo a vedere se ci sono annotazioni a maggio 1918.»

Sfogliò lentamente il diario, leggendo qualche appunto di tanto in tanto. C'erano nomi di "nuove" armi da testare e versi di canzoni goliardiche, lettere mai spedite a Giovanna, nomi di commilitoni e il triste annuncio della morte del padre per la spagnola.

«La spagnola?»

«Mamma mia, Angelo, ma non sai proprio niente!» esclamò Gabriele. Poi cominciò a spiegare, con pazienza: «La spagnola era una forma d'influenza molto aggressiva. Si chiamava così perché i giornali spagnoli furono i primi a parlarne. La Spagna non era coinvolta nella Prima guerra mondiale e non aveva problemi di censura sulla stampa. Gli altri Paesi, invece, non volevano dare troppe notizie catastrofiche in un momento così drammatico. In realtà a portarla in Europa furono le truppe americane. Quella di spagnola fu una delle epidemie più gravi della storia: venti milioni di morti, il doppio delle vittime della guerra».

Angelo fece un fischio per sottolineare l'enormità di quel numero. Intanto Gabriele continuava a sfogliare il diario, e proprio in quel momento esclamò: «Ecco qua! La pagina che cercavamo!».

9 maggio 1918

È giunta la notizia che da tempo aspettavamo: dopo le esercitazioni dei mesi scorsi qui in Grappa, la nostra compagnia è stata scelta per un'importante azione.
Il comandante Ettore Viola ci ha salutati prima della partenza, abbiamo gridato: «A noi!» e ci siamo incamminati verso la cima, salendo per il vallone del Covolo. La nostra destinazione è Ca' Tasson, un costone roccioso posto a nord della cima. Ci ha guidati il tenente Rosa, che conosce bene questa parte di monte.
Alle prime luci dell'alba abbiamo raggiunto la posizione, presidiata dal 251° fanteria. I fanti ci guardano

con sospetto: il nostro arrivo significa che la loro finta tranquillità sta per finire.

*

15 maggio 1918

Il tenente ha scelto la squadra che andrà in missione. Ha dovuto fare un sorteggio, perché tutti volevamo proporci come volontari. Ancora una volta sono stato fortunato: sono in elenco.
Oggi faremo le ultime esercitazioni con il comandante Viola. Ci sentiamo pronti all'azione.

*

18 maggio 1918

Oggi è giorno del Signore: domenica. Finalmente è il giorno dell'attacco.
La mattina però non è iniziata nel modo migliore. Al suo risveglio, il signor tenente aveva un pessimo colorito e ci siamo tutti preoccupati, più che per la sua salute, per il fatto che sembrava impaurito.
Il cuciniere è stato generoso e ha dato a tutti un dito di cognac insieme al caffè.
Il raduno della truppa è previsto per le nove. Per ogni soldato ci sono otto Thévenot, e le giberne

sono cariche di colpi. Il tenente Rosa avrà l'onore di portare la nostra bandiera, quella della terza Compagnia: se l'è già legata stretta attorno alla vita. Dopo la benedizione del cappellano, padre Salza, saremo pronti. La missione dovrà essere rapida ed efficace.

È sera. Siamo rientrati dall'inferno, e abbiamo dei prigionieri.
Questa mattina, al via del comandante, le nostre mitragliatrici hanno iniziato a sparare. L'improvviso assalto ha preso completamente alla sprovvista la trincea austriaca: i nemici sono fuggiti per il vallone oppure hanno alzato le braccia.
In questa guerra, chi non si arrende muore.
A un certo punto ci siamo trovati davanti un mucchio di assi che fungevano da porta. Era l'ingresso di una caverna, forse un nascondiglio.
Il tenente era ferito, Viola lo ha visto e gli ha dato ordine di rientrare nelle nostre righe.
Noialtri abbiamo sfondato il portone: nella caverna, abbiamo trovato degli ufficiali nemici nascosti come topi. Un Ardito ha urlato di arrendersi, ma loro hanno aperto il fuoco.
Noi abbiamo risposto. È stata una carneficina.
Alla fine ne abbiamo uccisi undici, tre dei quali erano ufficiali superiori.
Dei sei prigionieri austriaci, uno è stato affidato a me.

È ferito, e mi è stato ordinato di scortarlo al posto ospedaliero di Cima Grappa.
Ci andremo domani mattina.

*

19 maggio 1918

A Cima Grappa, l'ospedale è inquietante. Al suo interno un ammasso di feriti, quasi tutti in barella. L'aria è intrisa dell'odore del disinfettante e tutt'attorno riecheggiano lamenti e pianti che mettono i brividi. Tra i pazienti c'era anche il tenente Rosa, ferito a un ginocchio. Sta bene, è cosciente, ma sicuramente dovrà riposare un poco nelle seconde linee, prima di tornare tra noi.
Quando siamo entrati, l'austriaco sembrava scosso. Poi, come dal nulla, ha cominciato a parlarmi in italiano. Ieri sera sembrava muto, stamattina non apriva bocca e invece lì in ospedale, tutto d'un tratto, mi ha chiesto una sigaretta.
Io ho esitato, poi gli ho offerto una Macedonia.
«Mi chiamo Anton» mi ha detto, e ha cominciato a riempirmi di parole sull'Austria, sulla sua città, su suo padre che fa il calzolaio...
Il suo italiano non è perfetto, ma è comprensibilissimo, e all'inizio ero molto diffidente: avevo paura che qualcuno, vedendomi parlare con lui, potesse denunciarmi e scambiarmi per una spia.

Quando è arrivato il capitano medico, l'ho interrotto bruscamente con un cenno del braccio.
«Zitto» ho sussurrato.
Il capitano ci ha detto di ritornare verso la Val dei Lebi. «Là c'è un piccolo presidio medico. Noi non siamo in grado di curarlo qui.»
Appena ci siamo rimessi in cammino, questo Anton ha ricominciato a parlare e ho scoperto che, oltre ad avere lo stesso nome, abbiamo una storia simile. Anche lui a casa ha dei genitori e una fidanzata. Si chiama Elfgard, vive a Salisburgo e lo aspetta impaziente. Avevano deciso di sposarsi prima della guerra, ma poi Anton, come me, ha dovuto abbandonare tutto per andare al fronte.
«Come mai parli così bene l'italiano?» gli ho chiesto.
«Mia madre è veneziana» ha risposto. «Nel 1890 mio padre è venuto in Italia per imparare l'arte del calzolaio. Quando è tornato in Austria, aveva un buon mestiere e una bella moglie.»
Anche lui prima di partire era a bottega dal padre.
«Gli affari andavano bene, le scarpe come sono fatte in Italia piacciono molto ai signori di Salisburgo. Dietro la bottega avevo già una casa dove andare dopo il matrimonio.»
Gli ho raccontato anch'io di Giovanna e della mia campagna al tramonto quando, col carretto carico di uva, il sole di settembre mi scalda la faccia e mi sento il padrone del mondo.

Per un attimo ci siamo dimenticati di essere in guerra, non ci siamo accorti che attorno avevamo solo buche di bombe e puzzo di cadaveri.
«Perché mi dici tutte queste cose?» gli ho domandato a un certo punto.
Mi ha risposto: «Perché ho paura che, se mi uccidete, non ci sarà nessun altro a ricordarle».
Giovane austriaco, che cosa ci divide? Forse, se la guerra non avesse deciso che siamo nemici, oggi potrei dire di aver trovato un amico. Perché non dovrei offrirgli un bicchiere di vino? Perché devo tenergli il fucile sulla schiena e farlo camminare con i polsi legati?
Sono cresciuto provando grande odio verso gli austriaci. Non avevo mai pensato che anche loro erano giovani, innamorati, che avevano una casa e una famiglia. Proprio come noi.
Adesso siamo seduti a riposare, Anton dorme e io sono qui a scrivere. Se promette di non scappare, forse gli slegherò i polsi.

*

20 maggio 1918

Penso continuamente alla giornata di ieri. La morte mi è passata accanto, tanto vicina da farmi sentire il suo fetido alito, ma non a sufficienza da farmi cadere.

Quando io e Anton abbiamo ripreso il cammino, abbiamo sentito uno scoppio di shrapnel.
Ci siamo buttati immediatamente a terra, e a quel punto ho dovuto slegarlo in fretta per permettergli di muoversi.
In pochi istanti si è scatenato l'inferno, un susseguirsi di esplosioni sempre più vicine. Eravamo finiti in una zona di tiro.
Ci siamo messi a correre per scansare i colpi, e nel panico ho perso il senso dell'orientamento. Quando finalmente siamo usciti dalla zona a rischio, mi sono reso conto di essere allo scoperto: sopra di noi c'era la trincea austriaca.
Ho cercato di non fare rumore, ma in pochi secondi mi sono ritrovato quattro carabine puntate contro.
Ho pensato che fosse la fine: avevo slegato Anton, e adesso ero io il prigioniero. Ho pensato a casa, a mia madre, a Giovanna… Ho chiuso gli occhi e aspettato i colpi.
Poi Anton ha urlato qualcosa in tedesco. Un attimo eterno di esitazione.
Quando ho riaperto gli occhi, i quattro avevano abbassato le canne. Anton mi ha stretto la mano e mi ha consegnato un piccolo pezzo di carta.
Poi lentamente ha raggiunto la sua trincea, invitandomi a fare altrettanto.
Quando sono tornato dai miei compagni, sono subito andato a rapporto.

«Il prigioniero è rimasto ucciso da un attacco a shrapnel.»
Nessuno ne ha dubitato.

*

21 maggio 1918

Vorrei tornare a casa. Non posso dirlo ad alta voce: sarebbe tradimento. E io non posso tradire la mia amata Patria.
Nel campo da tempo girano fogli di propaganda pacifista, ma io me ne tengo alla larga.
Solo oggi ho trovato il coraggio di aprire il minuscolo ritaglio di carta che mi ha dato l'austriaco. So che se cadesse in mani sbagliate sarei sicuramente accusato di essere una spia e passato per le armi.
C'è scritto solo: "Anton Hoverlack 59° fanteria" e poi, in un italiano incerto: "Dopo il temporale ci è sempre arcobaleno. Grazie amico italiano dal nome uguale".
Siamo figli dello stesso Dio. Ma allora perché ci dobbiamo uccidere l'un l'altro?

«Incredibile!» commentò Gabriele. «È un documento incredibile!»
«Cosa c'è di tanto incredibile?» chiese Angelo.

«Durante la Prima guerra mondiale i due eserciti si sono incontrati diverse volte. È famosa la tregua di Natale del 1914, quando sul fronte occidentale l'esercito tedesco e le truppe britanniche si scambiarono addirittura auguri e doni. Ma prima d'ora non avevo mai trovato testimonianza di un incontro così intimo tra due soldati nemici. Dobbiamo assolutamente scoprire che ne è stato di questo Anton Hoverlack! I dati che abbiamo a disposizione non sono molti, ma possiamo farceli bastare.»

«Scusa, Gabriele...» Angelo aveva seguito i pensieri dell'amico, ma intanto continuava ad ascoltare i propri. «Prima mi hai chiesto di cercare le pagine di maggio... Perché? È perché hai sentito i nomi di Viola e Rosa?»

Gabriele lo guardò senza capire.

«Maggio è il mese delle rose e delle viole!» esclamò Angelo, scoppiando a ridere.

«Che fai, mi prendi in giro?» chiese Gabriele, divertito. «Devi sapere, caro Angelo, che nel maggio del 1918 ci fu un'incredibile azione italiana sul Ca' Tasson. La stessa che ha vissuto in prima persona il nostro Antonio. Rosa era il suo tenente, e in quell'occasione venne ferito a un ginocchio da un proiettile. Lo racconta lui stesso in un bellissimo diario, che ti consiglio proprio di leggere. Racconta anche di una caverna in cui tutti i giorni pranzavano numerosi ufficiali austriaci.»

«E Viola?» chiese incuriosito Angelo.

«Viola era il comandante degli Arditi. È stato un

uomo di grande coraggio. Alla sua morte, nel 1986, chiese e gli fu concesso di essere sepolto in Grappa, assieme ai suoi compagni. Fu tra i pochi ad avere l'onore di riposare lassù senza esservi morto in battaglia.»

Proprio in quel momento, dalla cucina invitarono Angelo a sedersi a tavola e chiesero a Gabriele di dare una mano con il servizio.

«Ma allora ci sei anche tu!» esclamò il signor Paolo vedendo il figlio. «Io e la mamma avevamo pensato che fossi di nuovo sparito nel bosco.»

Angelo sorrise, per una volta senza nascondersi.

9

Era da una decina di giorni che la famiglia Nardi si trovava in Grappa, eppure Angelo aveva l'impressione di essere lì da sempre.

Senza cellulare, Padova e la vita di prima sembravano sempre più lontane. D'altronde, anche Zeno e gli altri erano spariti, forse scoraggiati dalla mancanza di rete, forse perché distratti da qualcos'altro. Un giorno Angelo si era ritrovato a pensare che sarebbe stato divertente scrivere loro una lettera, come un soldato dal fronte. Ma se n'era subito pentito: "Non sono mica così sfigato!" si era detto.

Era pur vero che Gabriele era uno storico, ma non gli sembrava affatto sfigato: era atletico e simpatico, parecchie turiste lì alla baita gli lanciavano occhiate e sorrisi. Di ragazzi dell'età di Angelo, invece, non ce n'era nemmeno uno. In giro c'erano poche facce, sempre le stesse, e le macchine erano così rare che in un giorno bastavano le mani per contarle.

Per fortuna Gabriele, nonostante gli anni che li separavano, aveva riempito pian piano la noia e la solitudine. Certo, per i suoi gusti continuava a parlare un po' troppo di storia, ma lo faceva come un amico, non come un professore.

«Allora, che te ne pare del Grappa?» gli chiese una mattina. «Credi ancora che sia noioso?»

Angelo ci pensò su. «Non saprei. Ogni giorno mi sento più legato alla montagna, ma non sono ancora sicuro che mi piaccia davvero...»

«Dài, saliamo nel mio appartamento. Magari giocare un po' a Indiana Jones ti farà cambiare idea» propose Gabriele, strizzandogli l'occhio.

La casa di Gabriele era piccola, ma accogliente. In fondo al corridoio, c'era una stanza che aveva una libreria su ogni parete: centinaia, forse migliaia di libri nuovi e meno nuovi, diari e quaderni.

«Benvenuto nel mio regno!» disse con orgoglio, girando lo sguardo tutto intorno. «Quello che vedi è il lavoro di una vita di ricerca. Anzi, di due vite: lo sto portando avanti io, ma è stato mio papà a iniziarlo. Tutti i volumi che vedi hanno un unico denominatore comune: la Grande Guerra.»

Angelo, ammutolito, non sapeva più da che parte posare gli occhi. C'erano antiche carte topografiche, manoscritti ingialliti, piccoli disegni.

«Scusa Gabriele, ma qui in mezzo c'è pure qualcosa che parla di Anton?»

«In un certo senso direi di sì. Non proprio di lui, ma della sua compagnia, di chi la comandava, del motivo per cui era là... hai mai fatto una ricerca a scuola?»

Angelo si irrigidì: «Senti, va bene tutto, va bene il diario, va bene la biblioteca... ma se ti metti a parlare di scuola giuro che me ne vado!».

Gabriele scrollò le spalle e continuò: «D'accordo. Allora ti faccio una domanda: se ti viene voglia di sapere cosa ha fatto il nonno del tuo bisnonno, cosa fai? Da dove cominci?».

«Chiedo in giro» replicò Angelo, serio.

«Certo. E in giro ci sarà un sacco di gente di circa... vediamo... centoventi, centotrent'anni, in grado di darti informazioni su supernonno Nardi!»

Angelo non sapeva che rispondere.

«In alternativa» gli venne incontro Gabriele, «potresti consultare gli archivi. Negli archivi, se sei fortunato, puoi trovare indicazioni sul luogo di nascita, di morte, sulle attività in vita e un sacco di altre cose. È quello che faremo per scoprire qualcosa su questo soldato austriaco. Magari, sempre se siamo fortunati, riusciamo pure a trovare notizie del nostro Antonio.»

«Ok, ma quindi da dove cominciamo?»

«Per prima cosa riprendiamo a leggere il diario. Ci sono ancora tante cose che non abbiamo letto, e che invece ci possono aiutare.»

15 giugno 1918

Da quando ho incontrato Anton, la mia guerra non è stata più la stessa. Vivo nel terrore di trovarmi di fronte a una triste scelta: uccidere un amico o essere ucciso.
Oggi è giunta notizia che gli austriaci hanno sferrato un nuovo attacco e domani torniamo in Grappa per aiutare i compagni a difendere la posizione.
Il nostro tenente è ancora in ospedale, la ferita al ginocchio sul Ca' Tasson lo bloccherà per diversi mesi.
Le notizie sono frammentarie, ma sembra che gli austriaci abbiano rotto sul Fenilon e sono arrivati al Col Moschin.

*

16 giugno 1918

Abbiamo respinto il nemico con non poche perdite. È intervenuto il 9° corpo, che fortunatamente era in sosta a Campeggia, e ha bloccato il nemico che si era spinto fino giù a San Lorenzo.
Adesso la nostra posizione è di nuovo stabile.
Bene per l'umore della truppa, ma il mio è a terra.
Ho sparato verso il nemico sapendo che avrei potuto uccidere un amico. Inoltre non ho notizie da casa e di Giovanna da almeno venti giorni.

Forse qualcuno di quei soldati austriaci ha visto la nostra pianura in fondo alla valle e per un attimo, prima di morire, ha pensato che la guerra fosse finita.

Angelo sospese la lettura: la sua scarsa conoscenza della Grande Guerra non gli permetteva di capire gli eventi di quel lontano giugno 1918. Con lui però c'era Gabriele, al quale poteva rivolgersi per colmare almeno in parte la sua ignoranza. Gli sarebbe bastato chiedere, e così fece: «Di cosa parla? Cosa gli è successo?».

Gabriele era davvero felice di rispondere alla sua curiosità: «Parla della Battaglia del solstizio. Vedi, Angelo, dopo l'inverno la situazione era tesa ma ferma per entrambi i fronti. L'esercito austroungarico aveva commesso un grosso errore dopo l'avanzata di Caporetto: si era fermato a causa della neve e del ritorno dei tedeschi sul fronte francese. Per il Kaiser Guglielmo la vittoria sembrava cosa fatta, ma non andò così. La pausa invernale diede modo al nostro esercito di riorganizzarsi: quando arrivò la bella stagione, la fame e le malattie tra le truppe nemiche stavano vincendo la guerra. Il glorioso esercito dell'imperatore Carlo I era ormai destinato alla sconfitta. L'unica speranza di vincere la guerra, per le truppe asburgiche, era riposta nel Grappa: il mattino del 15 giugno 1918, tra le nebbie, gli austriaci attaccarono le prime linee italiane. Seguirono giorni di terribili combattimenti, ma alla fine non ci fu alcun sostanziale cambiamento delle posizioni, e questo decise l'esito della guerra».

10 luglio 1918

Oggi ho avuto notizia che il tenente Rosa è rientrato dalla convalescenza.
Sembra che non sarà riassegnato al nostro reparto. Sono molto legato a lui, quindi ho chiesto di poterlo seguire dovunque sarà destinato.

*

26 agosto 1918

Mi hanno trasferito al 4° reparto di marcia. Di nuovo il mio tenente è Rosa.
Siamo alloggiati in una villa a Bassano, ai piedi del Grappa. La vita è tranquilla, anche se la città è completamente deserta, posta sotto assedio dal nemico.
I tiri lunghi austriaci cadono costantemente come pioggia. Ogni tanto sentiamo fischiare i proiettili sopra le nostre teste.

*

6 ottobre 1918

Qui la guerra è ferma, solo qualche scaramuccia per ricordare la nostra presenza al nemico.
Corre voce di un'imminente operazione da compiere sul Pertica, nel versante est del Grappa.
Abbiamo sentito nominare tante volte quel monte, il nostro tenente c'è stato prima di essere ferito. Ci ha detto che entrambe le batterie sono puntate verso il crinale. Non può esserci un solo esercito, sul Pertica.
Se una delle due armate lo abbandona, l'altra è libera di aprire il fuoco.
La perlustrazione di un gruppo dei nostri ha confermato le voci.

*

18 ottobre 1918

Ormai l'offensiva è prossima, corre voce che finiremo questa guerra con una grande vittoria.
È passato quasi un anno da Caporetto, e tutto è cambiato.
L'inverno avanza, ma c'è una grande felicità tra noi soldati, ora che la guerra sembra avviarsi alla fine.
Mi chiedo dove sarà Anton, mi domando se è ancora vivo. Questi pensieri mi turbano molto, ogni vol-

ta sono combattuto da forti sensi di colpa perché mi sembra di tradire la mia Patria.
Troppe volte in quest'anno al fronte ho ucciso e ho visto morire persone.
Forse fra poco sarà tutto finito.

*

24 ottobre 1918

Via sui camion, su per la Cadorna, direzione Pertica. Finiamo questa guerra!
Se morirò sul Pertica lo farò da uomo, non da codardo e nemmeno da vigliacco. Se necessario darò la mia vita per l'Italia, mia Patria, ma nel cuore avrò sempre la mia Giovanna, mamma e papà, che forse raggiungerò presto.
Dopo tanti sacrifici, i volti dei miei compagni d'armi sono segnati quanto il mio.
Il lento ondeggiare del camion ha cullato il mio riposo. Ho sognato di essere a Salisburgo, in abiti civili, con Giovanna e due bambini. Anton, vestito elegantemente, mi aspettava alla stazione del treno per darmi il benvenuto nella sua città.
Una grossa buca ci fa sobbalzare e mi ricorda che sono in Grappa.
Chissà se Anton è ancora vivo.

10

Dal diario le pagine seguenti erano state strappate, chissà da chi e chissà quando, nei quasi cento anni di vita del manoscritto. La lettura finiva lì.

Angelo sentì salire una grande malinconia, una sensazione di vuoto, come quella che provi quando finisce una vacanza e sai che non vedrai più gli amici dell'estate.

«Gabriele… Tu lo sai già, vero, cosa è successo sul Pertica nell'ottobre del 1918?»

Gabriele sospirò. «È difficile spiegare in due parole quel massacro. Nel giro di pochi giorni, gli ultimi di guerra, il Pertica e l'Asolone divennero un enorme cimitero a cielo aperto. Furono veramente pochi quelli che ne uscirono vivi.» Parlava adagio, con un tono quasi sommesso. «Che la guerra stesse finendo, ormai lo si sapeva. Gli eserciti erano arroccati nelle loro posizioni di montagna, e cercavano ognuno di fare il proprio dovere: i nostri dovevano difendere il confine, gli austriaci dovevano cercare di scendere in pianura. Intanto, la lenta macchina politica faceva il resto. Quando l'imperatore diede l'ordine di lasciare il fronte, i soldati austriaci si ritirarono. Le truppe italiane, però, dovevano a tutti i costi vincere la guerra militarmente, sul campo, altrimenti non avrebbero potuto ottenere i territori che rivendicavano.» Gabriele stette un momento in silenzio, poi riprese: «Fu in quel momento che i soldati del Grappa dimostrarono tutto il loro valore. E non intendo solo gli italiani: gli austriaci non furono da meno».

«Cosa successe?» lo incalzò Angelo.

«Prova a immaginare: dalle retrovie, i nostri nemici non ricevevano più alcun approvvigionamento. Mancavano viveri e munizioni, e davanti avevano un esercito agguerrito, deciso e motivato. Attacchi e contrattacchi, centinaia di morti e atti di eroismo da entrambe le parti, finché ai comandanti austriaci non arrivò il temuto ordine: ritirarsi, ripiegare! Per i soldati significava che tutti i sacrifici dell'ultimo periodo erano stati inutili.»

Gabriele si alzò e a colpo sicuro prese un libro da uno scaffale. Lo posò sul tavolo e lo presentò ad Angelo: «Questo è il diario del sottotenente Otto Gallian, l'ultimo ufficiale austriaco ad abbandonare l'Asolone. Aveva l'ordine di tenere la posizione a tutti i costi fino alle sei del mattino, e aspettò che tutti i suoi uomini si ritirassero, prima di seguirli. Questa pagina qui è del 30 ottobre 1918».

Ho bisogno di una lunga pausa per riprendermi, guardo il giorno assolato. Mio Dio! Si è ancora così giovani, non abbiamo avuto niente dalla vita, e ora veramente deve finire tutto?
Eravamo già rassegnati da anni, ma proprio ora, un paio d'ore prima dell'armistizio?
Il capitano Metzeler siede accanto a me: egli ha a casa una moglie e un paio di figlioli.
«Signor capitano, lei forse potrebbe andarsene in anticipo, poi andrà tutto rapidamente.»
Metzeler ribatte: «Lasci stare, resto con voi. Qui siamo stati assieme per tanto tempo, e qui affronteremo insieme anche…».

«Lui com'è morto?» chiese subito Angelo, temendo che pure questo diario, come quello di Antonio, lasciasse in sospeso la vicenda.

«Gallian si salvò. Fu fatto prigioniero dagli Arditi, ma loro ne rispettarono il grande valore. Venne dichiarato disperso nel 1944, nella Seconda guerra mondiale, quando combatteva con l'esercito tedesco nella battaglia delle Ardenne.» Prima di continuare lanciò un'occhiata al ragazzo, che lo fissava attento. «Tornando a quell'ultima battaglia… l'esercito italiano seguì le truppe austriache in ritirata, scendendo il Grappa verso Fonzaso e Feltre.»

«Perché li seguirono? Si stavano ritirando!»

«Una specie di rivincita dopo il disastro di Caporetto» sospirò Gabriele. «Il 3 novembre a Villa Giusti, vicino a Padova, firmarono l'armistizio e la fine della guerra. Quello stesso giorno, le truppe italiane entrarono a Trento, issando il tricolore sul pennone del castello del Buonconsiglio. In realtà, per molti austriaci in fuga iniziò un terribile esodo: molti furono fatti prigionieri, e ritornarono in patria anche anni più tardi, dopo aver lavorato in prigionia per le bonifiche dei campi di battaglia.»

«Ma non erano più in guerra…»

«È vero, ma alla fine di ogni guerra, insieme alla pace, arrivano i debiti. Gli imperi centrali avevano contratto un enorme debito di guerra, ma non erano in grado di pagarlo in denaro, così lo saldarono in forza lavoro. Vedi? Come sempre, chi perde paga.»

"Un po' mi vergogno di non aver mai avuto interesse per queste cose" si ritrovò a pensare Angelo. "Ho sempre pensato alla storia come a una grande rottura di scatole, fatta di date inutili e di nomi di condottieri e generali…"

La storia vera, invece, era quella dei tanti Antonio, di uomini e ragazzi i cui nomi sarebbero rimasti soltanto nella memoria dei famigliari.

Avrebbe voluto dire a Gabriele che aveva capito: in fondo la storia è fatta di persone semplici, come noi.

11

Il mattino seguente, Angelo si svegliò ancora vestito: si era addormentato con il vecchio diario del militare austriaco in mano. Aveva cominciato a leggerlo prima di coricarsi, ma poi la stanchezza aveva avuto la meglio.

Si stiracchiò un poco, una rapida lavata a viso e denti e corse giù veloce.

In sala da pranzo era rimasto solo Bruno, che chiacchierava al bancone del bar con un paio di escursionisti di ritorno da una passeggiata.

«Ben alzato, giovanotto!»

«Buongiorno, signor Bruno. Sa mica dov'è andato Gabriele?»

«Sono in Asolone, lui e tuo padre. Se vuoi salire anche tu, ti mostro la strada.»

Angelo per un attimo ripensò alla sua prima passeggiata e al fortuito incontro con Giuseppe, senza il quale probabilmente non sarebbe uscito dal bosco. Lo prese una strana idea: desiderava un momento di solitudine con la montagna. "Tu e io, caro Grappa, adesso proviamo a parlarci!"

Si stupì del suo stesso pensiero e rispose a Bruno: «Ok, mi dica dove devo andare».

Bruno tirò fuori da un cassetto una vecchia cartina sgualcita. Con delicatezza la aprì sul bancone e gli indicò la strada.

Angelo, memore del recente passato, attrezzò il suo zainetto con un litro d'acqua e una felpa pesante, legò bene i lacci delle Vans e si incamminò.

Seguì una larga carreggiata asfaltata, che dopo circa un paio di chilometri diventò una strada bianca, quindi un ripido sentiero. La montagna era silenziosa e Angelo prendeva via via confidenza con gli odori del bosco, con i rumori degli animali, con il movimento del vento. "Che sensazione meravigliosa!" si ritrovò a pensare. Questa strana esperienza cominciava a diventare sempre più interessante. Si riempì le narici con l'odore dell'erba: non assomigliava per niente al prato del campo da calcio, l'unico altro prato di cui avesse esperienza.

Quasi cento anni prima, Antonio era stato su quella stessa montagna, per combattere contro altri ragazzi, con ogni probabilità suoi coetanei. D'improvviso, un pensiero gli attanagliò lo stomaco: anche sul campo da calcio i ragazzi combattono gli uni contro gli altri. Solo che poi finisce. Solo che non si muore.

Chissà cosa fece Antonio alla fine della guerra. Ritornò a casa? Rivide Giovanna?

Andò con il pensiero ai suoi genitori. Dava per scontato di averli intorno tutti i giorni, spesso se ne lamentava e li considerava dei gran rompiscatole... ma non aveva mai neppure pensato all'idea di non poterli vedere più. Antonio, invece, i suoi li aveva dovuti abbandonare, forse per sempre, per venire lassù a combattere.

Concentrato nei suoi pensieri, Angelo non si rese conto di essere già arrivato quasi in cima, alla malga sotto la vetta dell'Asolone. Se ne accorse quando all'odore del bosco si sostituì quello delle mucche al pascolo.

Vide suo padre insieme a Gabriele, seduti a un tavolo davanti all'ingresso.

«Buongiorno, dormiglione!» esclamò il signor Nardi non appena scorse la testa riccia del figlio che spuntava oltre la collina.

Angelo, con il fiato corto, li raggiunse davanti all'ingresso del piccolo ricovero dei vaccari, dove i due erano intenti a fare una colazione alla montanara. Sul tavolo c'erano morlacco, bastardo e soppressa, pane cotto a legna, polenta abbrustolita sulle braci, latte appena munto e l'immancabile vino rosso.

«Vuoi favorire?» gli chiese Gabriele, anche se la sua faccia schifata sembrava dare già la sua risposta.

«Forse per colazione preferisco ancora i Pan di Stelle!»

«Giovine, io non so mica cosa siano queste stelle che mettono nel pane, ma sicuramente non sono più buone del mio morlacco!»

Dall'interno della costruzione, il malgaro aveva fatto capolino per salutare il nuovo arrivato.

«Per cortesia, Giovannone, portaci un piatto... per il giovine!» disse Gabriele sorridendo.

Il motivo del soprannome era evidente: era un omone gigantesco, quel Giovannone. Pesava sicuramente molto più di buona parte delle sue mucche, indossava una camicia a scacchi che sembrava il telone di un camion e ampi pantaloni mimetici. Ai piedi portava scarponi da montagna grandi come due valigie. Il viso era coperto da una folta barba bianca, che faceva un tutt'uno con i capelli e lasciava a malapena intravedere gli occhi corvini.

Si avvicinò reggendo nella mano destra un piatto e nell'altra un bicchiere.

«Di fronte a tanta cortesia, non si può dire di no» disse Gabriele, lanciando un'occhiata ad Angelo.

«Ok... proviamo» disse il ragazzo servendosi. «Certo che la colazione con formaggio e polenta non mi pare proprio una grande idea...»

A lui il formaggio non piaceva nemmeno, ma qui in montagna era una specie di abitudine: a casa sapeva sempre un po' di plastica, gli pareva, e aveva l'odore delle buste della spesa.

E invece... altroché! Qui il formaggio sapeva di fieno, di fiori, di latte, e aveva il profumo del sole e dei prati.

«Questo sapore è incredibile!» esclamò, continuando a riempirsi il piatto di soppressa casereccia.

«Vacci piano!» gli suggerì il padre. «Altrimenti a pranzo non mangi più!»

I malgari la chiamavano "merenda", ma per Angelo era un esaltante viaggio alla scoperta di un'altra faccia della montagna, fatta di odori e sapori sconosciuti.

«Allora, che si fa?» incalzò Gabriele. «Sali con noi fino in cima?»

Rinfrancato e contento, il ragazzo si unì alla spedizione, in salita attraverso i prati.

Lo spettacolo era grandioso: a sud la pianura, a ovest il gruppo del Pasubio, gli altopiani, i Lagorai, le Dolomiti, e poi...

«Gabriele, cos'è quella specie di muraglione di roccia?» chiese Angelo, indicando verso est.

«Quella è Cima Grappa, la Nave, la cima inespugnata. I soldati la chiamavano così perché ricorda molto lo scafo di una nave, rovesciato sottosopra. E quella costruzione che vedi è l'ossario monumentale.»

Angelo rimase a osservarlo per alcuni minuti, attratto da quella struttura bianca come la neve che contrastava con il verde della montagna.

Poi ripresero a salire finché, quando già si vedeva la croce sulla sommità dell'Asolone, Gabriele lo prese per un braccio: «Ti va di provare una cosa?».

«Dopo il formaggio e la polenta a colazione sono pronto a tutto!»

Gabriele rise. «Benissimo! Allora, al mio "via!" partiamo di corsa verso la cima, con tutta la velocità che possiamo. Ok?»

«Mmm... Ok!»

«Uno, due, tre... via!»

Partirono in salita, di corsa, cercando ciascuno di primeggiare sull'altro. Quando, dopo pochi metri, raggiunsero la cima, entrambi avevano i muscoli tesi e il fiato corto e si lasciarono cadere sul prato.

«Sai perché ti ho chiesto di correre?»

Angelo scosse la testa.

«È quello che i nostri fanti dovevano fare per cercare di prendere la posizione di cima.»

Il ragazzo restò a bocca aperta. «Non ci avevo pensato.»

«O meglio» riprese l'altro, «non era proprio così. Devi aggiungere che la terra era tutta un cratere per via delle granate, e che dall'alto, mentre correvi, il nemico ti sparava contro.»

«Posso farti una domanda?»

«Certo.»

«Com'è che nella storia che ci insegnano a scuola noi siamo sempre i buoni e gli altri sempre i cattivi?»

Gabriele sorrise. «Ottima osservazione! Sai, Angelo, per molto tempo gli uomini hanno usato la storia per raccontare solo una faccia della medaglia: quella dei vincitori. Era inevitabile: se perdevi una guerra, dovevi soccombere. A noi sono arrivate solo le storie dei cow-boy, non quelle degli indiani. E, se a un bambino racconti che i cow-boy sono sempre buoni, lui si convincerà che gli indiani sono sempre cattivi. Così è stato per molte generazioni: noi buoni, e loro no. Per fortuna, adesso gli storici sanno che il loro compito è vedere oltre, come stiamo facendo noi in questi giorni: per sapere cosa è successo davvero, bisogna cercare anche le testimonianze di chi stava dall'altra parte. A proposito: proprio qui in Asolone ha combattuto Otto Gallian.»

Angelo lo ascoltava attento, guardando fisso sulla cima dell'Asolone, dove una croce ricordava il sacrificio di molti uomini.

«Vedi, Angelo» gli disse Gabriele quando si alzarono, «se guardi bene laggiù riesci ancora a distinguere la prima linea italiana e la trincea austriaca. E in mezzo, la terra di nessuno.»

«Ma... Distano solo pochi metri le une dalle altre!»

Il ragazzo, incredulo, strinse gli occhi a fessura, immaginando il campo di battaglia. Vedeva fanti e Arditi nascosti nelle buche in mezzo a una pioggia di granate e di bombe che, cadendo, facevano volare terra e zolle e lanciavano in ogni direzione sassi appuntiti. Sentiva urla e pianti e richieste d'aiuto di quelli che, colpiti, giacevano morenti accanto ai compagni. E intuiva l'angoscia di chi, dal suo nascondiglio, non poteva uscire allo scoperto per soccorrere i feriti e portarli nelle seconde linee.

A pochi passi da lui, intanto, suo padre e Gabriele avevano posato a terra gli zaini ed estratto il famoso cercametalli.

«Finalmente vedo a cosa serve questo coso!» esclamò Angelo, riemergendo dai suoi pensieri.

«Questo "coso" è un metal detector» spiegò Paolo con orgoglio. «Una volta acceso, lo si passa vicino al terreno. Se trova tracce di metallo emette un suono.»

E Gabriele aggiunse: «Lo usiamo per "andare a ferro", come dicono i recuperanti».

«I recuperanti? E chi sarebbero?» chiese Angelo. Adesso era così curioso che sembrava aver paura di perdersi qualche informazione interessante.

Per fortuna, Gabriele era sempre pronto a spiegare. «Immagina uno stadio alla fine di una partita: silenzio, desolazione, e sparse ovunque le tracce lasciate da giocatori e tifosi. Così era la montagna alla fine della guerra: i contadini e i malgari erano stati sfollati prima del conflitto, e qui sul Grappa non era rimasto altro che cadaveri e trincee sventrate. La morte era silenziosamente presente ovunque.»

Ascoltare Gabriele, per Angelo, era sempre una sorpresa. Sembrava che il suo amico avesse vissuto quei giorni in prima persona, ed era capace di raccontarli trasmettendogli lo stesso entusiasmo.

«Pochi giorni dopo la fine della guerra, l'esercito

si ritirò rapidamente in pianura e i feriti vennero portati negli ospedali. Ma tutto l'equipaggiamento rimase quassù. Intanto, gli sfollati tornarono lentamente a vivere alle pendici della montagna: Bassano, Romano e gli altri paesi intorno si ripopolarono, ma per molte famiglie avere di che sopravvivere era davvero un bel problema.»

«E cosa fecero?» incalzò Angelo.

Gabriele allargò le braccia: «Chi dalla montagna era appena sceso nei panni di soldato, sapeva che lassù erano ancora custoditi enormi tesori: scorte di carne e altri alimenti, certo, ma anche rottami di metallo e materiali bellici, che si potevano vendere bene. Tutto questo, però, era di proprietà del Regio Esercito. Per custodire i suoi beni, lo Stato mise sotto stretta sorveglianza le vie di accesso alla montagna. Ma ovviamente i posti di controllo non furono sufficienti a fermare tanta gente, soprattutto ragazzi, che ogni giorno rischiavano la vita e salivano di buon'ora per tornare a sera carichi di qualsiasi cosa fosse rivendibile: il rame delle bombe, metallo di ogni genere, assi di legno e carburanti. Furono dei pionieri». Gabriele lo disse con un sorriso fiero. «Ma il paesaggio che si trovarono davanti è difficile da immaginare. Ci pensi? Non c'erano più alberi né erba, regnava un silenzio assoluto e tra le rocce l'odore della morte era ancora palpabile. Le ossa dei caduti biancheggiavano tra i ciuffi d'erba che ricominciavano a spuntare nelle pietraie. Per molti anni è stato così: la gente saliva in

Grappa a cercare qualcosa da rivendere, fino a quando la montagna non ha avuto più nulla da offrire.»

«E poi? Cosa è successo, dopo?»

Gabriele sgranò gli occhi compiaciuto. Non era abituato a tutte quelle domande da parte di Angelo. «Si decise di costruire un ossario e si organizzarono gruppi di raccolta. Ti ricordi il vecchio Piero, che hai conosciuto quando avevi appena trovato il diario?»

Il ragazzo annuì.

«Ecco, quando hanno deciso di costruire l'ossario lui era presente. È stato un evento importantissimo: fino a quel momento i corpi degli eroi italiani e austriaci erano disseminati in quattro grandi cimiteri provvisori, realizzati dopo l'armistizio. Ora potevano finalmente trovare il loro eterno riposo.»

«Ma allora adesso cosa ve ne fate del cercametalli?»

Il signor Nardi scoppiò a ridere: «L'hai presa un po' alla larga, Gabriele...».

Il giovane sorrise di rimando. «Hai ragione, arrivo al punto: per molti anni, dopo la costruzione dell'ossario, nessuno venne più qui a cercare tesori. Si riprese solo negli anni Settanta, per ragioni storiche, di studio. Ma era passato molto tempo e la natura aveva avuto il sopravvento, coprendo quello che ancora era abbandonato sulla montagna. Per questo entrarono in uso i metal detector.»

Angelo sembrava dubbioso. «Ma si può fare?»

«Io e tuo padre abbiamo l'autorizzazione, e seguiamo le regole imposte dalla legge e dal buon senso. Lo facciamo per portare alla luce oggetti che hanno una storia, che raccontano brandelli della vita di chi li ha posseduti prima che la montagna se ne appropriasse. È un po' come far rivivere le persone che li hanno perduti quasi cento anni fa.»

«E posso mica provare anch'io? Per la storia e per la ricerca, dico, come fate tu e papà. Posso, eh?»

Gabriele e Paolo si scambiarono un'occhiata d'intesa e gli fecero cenno di seguirli in un punto in cui la vegetazione e la conformazione del terreno indicavano una possibile fossa di raccolta, una specie di discarica di guerra.

Avanzavano lentamente, con gli strumenti radenti il suolo. Angelo quasi tratteneva il fiato.

Improvvisamente il rilevatore di Paolo emise un suono. Gabriele e Angelo si avvicinarono, e il fischio del detector si fece sempre più forte. Il signor Nardi estrasse dallo zaino una piccola piccozza e spostò con cautela una zolla erbosa.

«Attento, Angelo. Guarda: per prima cosa bisogna evitare di rovinare l'ambiente. Non siamo vandali che girano la montagna scavando buche, noi amiamo questi posti.»

Mentre parlava, aveva dato inizio a una piccola operazione di scavo: ogni tre colpetti di piccozza avvicinava il cercametalli al punto segnalato, per evitare di perdere il contatto con il tesoro nascosto.

«Vedi? Non scaviamo a caso, ma ci muoviamo con cura e precisione… Ecco!»

Angelo sentì il cuore battergli più forte. Non avrebbe mai immaginato che una cosa del genere potesse emozionarlo tanto, eppure era lì che non vedeva l'ora di scoprire cosa avessero scovato suo padre e Gabriele.

Paolo pulì il suo ritrovamento, lo posò su un panno e risistemò la terra rimossa. Poi si alzò in piedi e la pressò un poco con lo scarpone.

«Operazione conclusa: adesso possiamo dedicarci a ispezionare il nostro tesoro!» Lo guardò attentamente. «Un bottone da giubba austriaco?» chiese a Gabriele, mostrandoglielo sul palmo della mano.

L'altro alzò gli occhiali da sole sopra la testa e si avvicinò per osservare meglio: «Bravo, Paolo! È certamente austriaco». Poi si rivolse ad Angelo: «Ecco. Per noi sognatori questo bottone rappresenta un viaggio a ritroso di cento anni».

Angelo guardava attentissimo, e ascoltava.

«Immagina: una sarta curva con l'occhiale sul naso lo ha cucito su una giubba per un soldato che partiva per la guerra. Magari da Vienna, ma anche, perché no, da qualche paesino sperduto ai margini dell'impero. Quella giubba, lui, l'ha indossata con orgoglio. Era un uomo come il nostro Anton, un uomo che ha vissuto, sofferto e forse è morto su questa montagna.»

Questa volta fu Paolo a continuare: «Magari la sera prima della partenza, in casa di quel soldato, la divisa con questo bottone stava appoggiata sulla sedia accanto al letto. Magari c'era anche una moglie, o una madre insonne, che già piangeva per lui, perché forse non l'avrebbe più rivisto».

«E adesso dimmi, Angelo» lo interrogò Gabriele. «Ci vedi davvero soltanto un bottone? Solo un pezzo di metallo?»

Angelo era come impietrito. Mentre loro parlavano e s'immaginavano la storia dietro quel bottone, gli era parso di vivere sulla propria pelle il tormento di quel soldato senza nome, costretto da altri a partire verso un destino incerto, che forse lì sul Grappa aveva trovato la morte. Forse era un soldato giovanissimo, con ancora tanti progetti e tanta voglia di vivere... Quanta emozione, per un solo bottone!

Era ora di rientrare. Il silenzio della montagna e i passi sul sentiero conciliavano i pensieri di Angelo. "La vita che sto vivendo è un tesoro immenso, e io non la sto usando al meglio. Tutti i ragazzi che sono morti tra queste rocce non avevano un millesimo di quello che io ho... Quando tornerò a Padova cambierò un po' di cose: riprenderò seriamente gli studi e cercherò di capire cosa voglio fare davvero."

La sua vita giù in città era così diversa: le discoteche, il McDonald's, gli svaghi, le seratone con gli amici... Ma adesso si sentiva un'altra persona. Aveva imparato a stare da solo, e a non cercare sempre risposte nello sguardo degli altri e nei loro like. Aveva imparato ad apprezzare i suoi genitori. E provava un grande desiderio di vivere e di scoprire cose nuove. Adesso si sentiva sereno, e il sorriso – lo notavano tutti! – non gli mancava mai. Perfino il suo abbigliamento era cambiato: giù il cappuccio della felpa, via le magliette firmate e i jeans di marca, ora portava pratici scarponi e pantaloni da montagna.

Il cappellino era rimasto, ma soltanto quando camminava al sole. Di sera, a cena, non gli serviva più.

12

Nella primavera del 1930, la neve tardava ad abbandonare il Grappa.

La famiglia Todesco aveva già raggiunto la casa ai bordi della Val Campeggia. A pochi metri da loro, la strada che finiva nella *busa de Campeja* era completamente inagibile, ancora coperta da almeno due metri di coltre bianca.

Capitava spesso: quel punto era il confine naturale tra il tepore della pianura e il freddo della valle interna, nel cuore della montagna. In pochi passi, come capita ancora oggi, cambiavano completamente paesaggio e temperatura. I Todesco, da bravi montanari, aspettavano la primavera in casa.

Ma quel giorno accadde qualcosa di insolito: verso le undici del mattino, una piccola processione di lussuose auto, preceduta da un camion militare, svoltò dalla curva dopo la locanda e si fermò davanti a quel muro di neve.

Dopo qualche minuto, dalla Lancia nera che era giunta lì in testa al gruppo scesero alcuni signori dall'aria distinta. Si incamminarono verso la muraglia di neve, si fermarono a discutere alcuni minuti e poi tornarono indietro verso la casara dei Todesco, l'unica abitazione della zona.

«Buongiorno!» disse il capofila al padre di Piero. «Avete un ricovero per questi gentiluomini? Abbiamo da discutere di importanti questioni.»

«Se vi accontentate di quel che abbiamo...» rispose il padrone di casa, precedendoli nel tinello.

Chiamò la Maria, sua moglie, e le fece portare vino rosso e formaggio. Poi le chiese di mettere sul fuoco la minestra per gli ospiti.

I Todesco non potevano saperlo, ma quegli ospiti erano il generale Gaetano Giardino, comandante della 4ª armata del Grappa, il magnifico rettore dell'Università di Pavia Plinio Fraccaro, il podestà di Bassano ed Ettore Viola, reduce di guerra, grande capitano degli Arditi.

Il piccolo Piero, incuriosito dalle loro divise e dagli stivali lucidi, si nascose sotto la credenza del tinello e rimase zitto e fermo a osservarli e ad ascoltare i loro discorsi. Anche lui non poteva sapere che stava per assistere a un importante fatto storico, che avrebbe raccontato per molti anni a venire.

Quando si furono accomodati al tavolo in mezzo al tinello, Fraccaro prese la parola per primo: «Signori, è evidente che per buona parte dell'anno questo è il massimo punto raggiungibile della strada Cadorna. La neve blocca ogni accesso verso ponte San Lorenzo e la val Da Moro, e la cima del Grappa è inaccessibile. Già molti dei nostri valorosi uomini sono qui sepolti: sul lato sinistro della montagna c'è uno dei nostri cimiteri di guerra. Questo è dunque il miglior posto per rendere ai caduti del Grappa il giusto omaggio ed edificare il monumento che renderà gloria agli eroi».

«La giusta gloria ai nostri caduti è Cima Grappa!» protestò Viola con impeto. «È lì che sono morti i miei Arditi!» Sottolineò la sua rabbia sferrando un pugno sul tavolo, con tale violenza che fece sobbalzare il bicchiere di rosso che la Maria gli aveva appena versato.

«Calma, manteniamo la calma» intervenne Giardino. «È certo che la "Nave" del Grappa rappresenta il punto in cui le nostre truppe, i fanti e gli Arditi d'Italia hanno salvato il nostro Paese. In molti... in troppi sono morti lassù. Però è vero, caro Viola, che il muro di neve che ci siamo trovati davanti non faciliterà i pellegrini che verranno in visita.»

«Con tutto il rispetto, generale» replicò Viola, «nell'inverno tra il 1917 e 1918 ho visto morire soldati proprio in questa neve candida, che allora era rossa del sangue nostro e del nemico, lassù sull'Asolone, sul Pertica e a Ca' Tasson. I nostri morti devono poter raccontare questa sofferenza. Chi verrà a portar loro un fiore o una preghiera vivrà anche lui, seppur in minima parte, quel freddo e quella sofferenza. Gli stessi dei nostri uomini sul Grappa.»

Prese il bicchiere di rosso e lo bevve in un solo sorso. Sul suo volto scarno scese una lacrima, una soltanto, che gli solcò la guancia.

Il gruppo rimase in silenzio per alcuni minuti. Poi il generale Giardino riempì i bicchieri dei compagni, si alzò in piedi con il *gòto* in mano e annunciò: «È deciso. Il monumento sarà a Cima Grappa, ai piedi della nostra sacra Madonnina. Salute!».

Tutti si alzarono in piedi e risposero: «*Santé!*».

Davanti agli occhi curiosi del piccolo Piero, quegli uomini avevano appena preso una decisione storica: avevano deciso dove costruire il sacrario del Grappa.

13

Ormai Angelo e Gabriele passavano ore sui documenti nel suo studio. Dopo l'escursione sull'Asolone avevano fatto diversi sopralluoghi sui campi di battaglia, e Angelo aveva imparato a conoscere la Val dei Lebi, i Solaroli e il Pertica, dove aveva visto l'imponente traccia della galleria Gavotti, fondamentale per la difesa di chi combatteva lassù.

«Abbiamo raccolto molte informazioni su quello che è successo quassù, ma del soldato Anton Hoverlack sappiamo solo che ha combattuto sul Pertica con il 59° fanteria. Di lui non si dice più nulla.»

Angelo sembrava davvero dispiaciuto.

«Per questo la scorsa settimana ho mandato una mail a un mio amico di Vienna che insegna Storia contemporanea all'università» lo rassicurò Gabriele. «Ho ricevuto la sua risposta. Dice che domani sarà a Vicenza per una conferenza e che ha qualcosa per noi.»

L'indomani mattina scesero in pianura con la macchina di Gabriele. Prima delle nove erano già davanti al Teatro Comunale, dove Carl Müller avrebbe presentato il suo nuovo libro sulla battaglia dell'Ortigara, sull'altopiano di Asiago.

Carl era un signore di circa sessant'anni, con una folta barba nera e sottili occhiali di corno. Portava un completo chiaro e un cappello a tesa larga, e li stava aspettando al bar accanto al teatro. Quando li vide si alzò in piedi, da perfetto gentiluomo.

«Buongiorno, Carl! Come stai?» Gabriele gli strinse la mano e gli presentò Angelo.

Carl ricambiò il saluto togliendosi il cappello, poi tornò a sedersi e li invitò a fare lo stesso. Chiamò il cameriere e, in buon italiano, ordinò tè freddo per tutti.

«Sapete, cari ragazzi, che la vostra mail mi ha proprio incuriosito?» disse, non appena il cameriere se ne fu andato. «Mi è venuta subito voglia di aiutarvi a capire qualcosa del mistero in cui vi siete imbattuti.»

«Mi sono messo alla ricerca di informazioni sul soldato Anton Hoverlack, e ho trovato qualcosa: alla fine della guerra, dopo aver fatto più di un anno di prigionia, rientrò finalmente in Austria e si sposò, in una piccola città nei pressi di Innsbruck, che si chiama Saint Peter. Ebbe due figli maschi.»

Angelo sospirò di sollievo: era felice di sapere che uno dei due protagonisti di quella storia era riuscito a salvarsi e a realizzare i sogni della sua vita.

Carl proseguì il racconto: «Morì a casa sua, nel 1978, con accanto i figli e i suoi sei nipoti. Non è stato difficile avere queste informazioni: questa è storia comune, facile da ritrovare per chi fa il nostro mestiere...». Nelle sue parole si coglieva un vivo senso d'orgoglio per il lavoro svolto. «La vera difficoltà è stata trovare i discendenti e contattarli. Uno dei figli, un certo Antonio, quando gli ho parlato della vostra ricerca ha insistito per venire subito in Italia: parte domani per salire da te in Grappa. Hai posto per lui e il figlio che lo accompagna?»

Gabriele e Angelo si scambiarono uno sguardo stupefatto. Non si aspettavano una svolta così importante, dopo tanta attesa.

«Scusa» chiese Angelo, «come hai detto che si chiama il figlio? Antonio? All'italiana?»

Carl diede un sorso al suo tè. «Esatto, proprio Antonio Hoverlack. Curioso, vero? Al telefono mi ha detto che da bambino i compagni di classe lo deridevano per il nome italiano e che lui qualche volta si faceva chiamare Anton, ma suo padre si arrabbiava molto quando succedeva... Allora, il posto per Antonio Hoverlack ce l'avete o no?»

«Certo che ce l'abbiamo, certo! Gli faccio preparare la stanza appena arrivo su.»

Nel tornare verso casa, verso la montagna, i due ragazzi cercavano di riordinare le idee.

Non avevano che pochissime informazioni sull'Ardito autore del diario: un nome e una storia insolita, che era rimasta segreta per molti anni. Era certo che, se un ufficiale avesse letto quel diario, Antonio sarebbe stato condannato a morte: bastava molto meno per essere fucilati, e "fraternizzare con il nemico" era considerato alto tradimento.

L'altra metà della storia, invece, riguardava un soldato austriaco di cui Gabriele e Angelo adesso conoscevano molte cose, compreso quello che gli era successo nel dopoguerra.

«E ora stiamo per incontrare suo figlio e suo nipote!»

Ci pensavano, i due giovani, mentre percorrevano la strada che da Vicenza li portava a Romano d'Ezzelino e poi su per la strada Cadorna alla baita. Dato che non sapevano praticamente nulla della vita di Anton durante la guerra, cominciarono a scambiarsi supposizioni e teorie.

«Forse partecipò alla battaglia del Pertica a fine guerra» ipotizzò Angelo.

«Può essere» convenne Gabriele. «Il suo reparto potrebbe essere stato spostato su quel versante dall'agosto del '18.»

«E forse potrebbe avere incrociato gli Arditi di Rosa, durante uno degli ultimi assalti!»

«Certamente, bisognerebbe controllare meglio i battaglioni contrapposti in quei luoghi verso la fine della guerra, ma è molto probabile.»

All'ennesimo "forse" di Angelo, Gabriele gli rivolse uno sguardo compiaciuto: «Angelo Nardi, sei salito in Grappa venti giorni fa, vestito come un cittadino e senza distinguere un vaso di fiori da una granata. Oggi mi stai tenendo testa su argomenti che studio da una vita!».

Angelo fece spallucce e un mezzo sorriso. Adesso era davvero orgoglioso: Gabriele non era uno da troppi complimenti.

Non ci avrebbe scommesso un soldo, fino a pochi giorni prima, eppure era vero: il Grappa e la Grande Guerra erano diventati una passione anche per lui.

14

Il pomeriggio seguente, poco dopo le cinque, un'auto con targa straniera si fermò davanti alla baita.

Ne scesero due uomini: il conducente aveva circa sessant'anni, era magro, piuttosto alto e aveva capelli biondi e occhi azzurro cielo. Si vedeva lontano un chilometro che era tedesco.

L'altro era decisamente più anziano, scese a fatica dal lato del passeggero facendosi aiutare. Una volta in piedi, si calcò il Borsalino in testa e si appoggiò a un robusto bastone da passeggio. Quando si sentì stabile, socchiuse gli occhi e fece un profondo respiro. Rimase così per alcuni istanti, come in meditazione, dopodiché si avvicinò ai due ragazzi che, fermi sull'uscio, aspettavano di potergli essere utili.

«Buongiorno, cari signori» disse sorridendo, sfoggiando il suo italiano fluente. «Il mio nome è Antonio Hoverlack e questo è mio figlio maggiore, Hans.»

Sentendosi nominato, Hans salutò con un cenno della mano.

«Purtroppo lui non parla molto la vostra lingua, ma la capisce bene» li rassicurò il vecchio. «Possiamo entrare?»

Gabriele si animò e, ricordandosi di essere anche un albergatore, prese le borse da viaggio degli ospiti e li precedette verso la loro stanza.

Mentre attraversavano il corridoio della baita, Antonio osservava attentamente le teche: «Sono tutti oggetti che arrivano dalla montagna?».

«In gran parte sì. Alcuni invece sono donazioni di gente che li ha ereditati da qualche anziano parente o trovati in cantina» spiegò Gabriele.

«Ma non il diario, quello non lo ha trovato nessuno» aggiunse con sicurezza Antonio. «È stato lui a trovare voi!»

Tutti erano impazienti di mettere insieme i tasselli di quella storia iniziata quasi un secolo prima. I due ospiti si sistemarono in fretta, poi riscesero al pianterreno per cenare in sala insieme a Gabriele e Angelo.

Dopo cena, i due ragazzi misero il diario sul tavolo per mostrarlo agli austriaci. Antonio, quando lo vide, chiese con trepidazione di poterne leggere alcune pagine, e Gabriele lo accontentò leggendo con voce sicura e calda, fermandosi di tanto in tanto per accertarsi che tutti riuscissero a seguire le sue parole.

Antonio e Hans ascoltavano in silenzio, chinando

appena il capo quando sentivano nominare il loro antenato.

«Miei cari» disse il vecchio Hoverlack a lettura conclusa, «voi non sapete quanto mi riempia di gioia essere qui oggi. Per tanti anni ho sperato di poter esaudire il desiderio di mio padre, ma con il passare del tempo non speravo più di riuscirci. Si sa, l'età avanza e tutto diventa più faticoso... Ma era una cosa importante e col pensiero non smettevo di tornarci. Vedete, fin da quando ero piccolo papà mi raccontava di una storia di guerra...» Al ricordo, una lacrima gli solcò la guancia, ma lui continuò tamponandosela appena con un fazzoletto: «Nel 1978, in punto di morte, mi chiese di ricostruire i pezzi di quella storia, e io gli promisi che l'avrei fatto. Ho avuto paura di non riuscire a mantenere la promessa, ma adesso...».

Si fermò un momento e si schiarì la voce, come per ricomporsi un poco. Poi riprese: «Il mio nome è la prima parola di questa storia. Mio padre insistette per chiamarmi Antonio, un nome italiano. I suoi famigliari non erano d'accordo: la guerra era una cosa recente, e gli italiani per tutti erano i nemici. Quando gli chiedevano il motivo di questa scelta, lui si rifiutava di parlarne. Alla fine riuscì a spuntarla, ma nessuno in famiglia ci si abituò mai davvero».

Il vecchio lanciò un'occhiata intorno al tavolo: aveva gli occhi di tutti puntati addosso. «Solo pochi giorni prima di morire, mi consegnò il suo vecchio diario e mi fece giurare di non farne parola con nessuno.»

Angelo era sbigottito: un altro diario?

Antonio tirò fuori dalla borsa un quaderno dalle pagine ingiallite, in tutto simile a quello che lui aveva trovato sulla montagna.

«Qui dentro c'è l'altra metà della vostra storia. Una storia a cui manca il finale: mio padre e il vostro Antonio non si sono mai rivisti. Per questo mi ha fatto promettere di fare il possibile per scoprire che fine avesse fatto il suo amico, se si fosse salvato, se avesse avuto dei figli... Quando gli ho ricordato che era passato molto tempo, e che non avrei saputo da che parte iniziare, mi ha detto soltanto: "Lo saprai al momento opportuno. Sarà la montagna a chiamarti".»

"Anche lui chiamato dalla montagna!" Angelo stentava a crederci, gli sembrava di vivere dentro un film.

«Puoi leggerci qualcosa dal diario di tuo padre?» domandò Gabriele, con gli occhi che brillavano di curiosità.

«Con grande piacere.»

Antonio sfogliò il taccuino con cura, si sistemò gli occhiali e cominciò a leggere, traducendo dal tedesco.

Giugno 1918, costone di Ca' Tasson

I nostri ufficiali avevano troppo sottovalutato il nemico, qui a Ca' Tasson. È stato un errore non cambiare posto ogni giorno alla mensa ufficiali, eravamo trop-

po vicini per sperare che non ci scoprissero. E infatti gli italiani hanno notato il fante in tenuta bianca che serviva i pasti, e al momento giusto, circa venti giorni fa, ci hanno attaccati.
È stata una carneficina. Gli Arditi italiani sono gente spietata, veloce e ben addestrata. Un fuoco di copertura ci ha distratti e ce li siamo trovati addosso.
Se sono ancora vivo, è merito di Dio, della buona sorte e di un amico che ho incontrato.
Il giorno dell'attacco, una loro baionetta mi si è conficcata nel braccio e sono stato catturato. Mi hanno affidato a un loro Ardito di nome Antonio per essere accompagnato al posto di medicazione.
Grazie al mio italiano, ci siamo scambiati sigarette. Abbiamo parlato e perfino riso, e per un attimo mi sono sentito fuori da questa assurda guerra.
I nostri eserciti però non hanno mancato di ricordarci dove eravamo, e lungo il percorso ci hanno ricoperti di shrapnel.
Nella confusione e nella nebbia dello scoppio, la sorte mi ha aiutato facendomi finire vicino alla nostra trincea.
Quattro camerati ci hanno visto ed erano pronti a sparare. Io li ho convinti a non farlo urlando loro di non uccidere l'italiano. Nessuno, fortunatamente, ha sparato.
Appena al sicuro, ho pianto disperatamente. Perché per un attimo, con i camerati pronti a far fuoco, ho

pensato che la cosa giusta da fare fosse gridare di trucidare l'italiano. Se non l'ho fatto, è stato solo grazie a un lampo divino che mi ha attraversato la mente: quello lì era un uomo, un uomo con cui avevo riso e parlato, un uomo che non mi aveva fatto niente di male e che addirittura (ironia della sorte!) aveva il mio stesso nome.

Per anni mi è stato ordinato di uccidere uomini che indossavano una divisa diversa dalla mia, e quel giorno stavo per farlo ancora, perché la guerra mi ha riempito di cattiveria.

Quando i camerati stavano per fare fuoco, ho visto il volto rassegnato di Antonio che aspettava la morte con il sorriso tra le labbra. Forse ormai tutti, qui, non aspettiamo altro. Il nostro desiderio più profondo, quello che mai confesseremmo a voce alta, è che una pallottola o una granata ci porti via, evitandoci questa fine lenta che giorno dopo giorno ci consuma.

*

C'è una domanda che ogni tanto mi torna alla mente: perché i miei compagni si sono fermati? Perché non hanno sparato? Cosa hanno visto negli occhi di quel giovane Ardito?

Non ho il coraggio di chiederlo a nessuno. In guerra per sopravvivere abbiamo una regola: non ricordare mai quello che è successo ieri. Ricorda solo che ormai è passato.

Il vecchio Antonio interruppe la lettura.

«Tutte le pagine che seguono sono racconti tormentati: mio padre si era come improvvisamente svegliato da un sonno che durava dal 1914. Lui e i suoi camerati avevano obbedito ciecamente a un ordine solo: uccidere il nemico. Sono pagine terribili, piene di sconforto: se qualcuno le avesse lette, lo avrebbero sicuramente fucilato. Dopo averli trascinati su queste montagne in cerca di gloria e onore, la Patria stava abbandonando i suoi soldati nella disperazione di una guerra che sembrava non avere più alcun senso. L'impero austroungarico era allo stremo, ma i ragazzi al fronte non potevano fare altro che mantenere fede al loro giuramento. Ho letto e riletto queste pagine per anni, e sono convinto che molti di loro avrebbero voluto uscire dalle trincee e urlare: "Basta! Cosa stiamo facendo? Andiamocene tutti a casa e lasciamo fare la guerra ai nostri politici!". Però non potevano: erano disperati, ma il loro senso dell'onore restava molto forte. È una cosa difficile da spiegare alle nostre generazioni» concluse, con una punta di amarezza.

«Ma su Antonio… il nostro Antonio» chiese timidamente Angelo, «non si dice altro?»

Il vecchio Hoverlack sorrise bonariamente. «La tua

curiosità, caro ragazzo, mi dà tanta speranza. Non temere, del vostro soldato si parla ancora alla fine del diario» disse, poi prese fiato e ricominciò a leggere.

30 ottobre 1918

È finita. Ormai gli italiani ci hanno assediati.

Lo scorso anno pensavo che non sarebbero durati molto, invece anche loro sono un esercito fiero, con grandi e valorosi combattenti. Hanno saputo resistere, e ora, con il nostro governo allo sfascio, ci stanno schiacciando.

Hanno preso il Pertica e sono a un passo dal prendere anche l'Asolone.

*

31 ottobre 1918

Ieri, a mezzogiorno, è giunta la notizia che non ci aspettavamo: ritirata!

Il tenente Gallian ha ordinato di tenere la posizione per permettere ai nostri di scendere verso la valle di Cismon.

Le informazioni che ci arrivano sono disordinate, ma chiare: gli italiani sono passati sul Piave e si sono diretti verso il Tagliamento senza trovare resisten-

za. Dall'altra parte della Valbrenta, sull'altopiano di Asiago, le divisioni hanno iniziato il rientro in patria.
Ancora poche ore e la guerra avrà fine.

Forse queste sono le mie ultime righe, forse questo mio diario riposerà assieme alle mie povere ossa per sempre su questa montagna, così lontana dalla mia amata casa e dalla mia famiglia.
Lascio questa mia anima a Dio e alla Madonna che fino allo scorso gennaio ci vegliava da lassù, da quella cima, così vicina e così lontana.
Quante volte in questi anni di guerra abbiamo rivolto le nostre preghiere al cielo, senza pensare che lo stesso cielo, lo stesso Dio, insieme alle nostre ascoltava anche le preghiere italiane!
Chi ascolti, mio Dio? A chi darai lo scettro della vittoria?
Salvami la vita, sono troppo giovane per morire in questo fango.
Adesso la montagna è silenziosa, gli italiani si preparano all'attacco finale. Sono prudenti. Del resto, basta guardarsi in giro: troppi morti giacciono attorno a noi.
Adesso basta morire, ormai non serve più a nulla.

*

10 novembre 1918

Sono salvo, anche se prigioniero.
Siamo scesi dalla valle di Cismon con l'obiettivo di ripiegare su Fonzaso e Feltre, per ritornare verso l'amata Patria. Tutto inutile. Le truppe d'assalto italiane ci hanno fermati appena imboccata la Val Cesilla.
Poche parole, abbiamo alzato le braccia in segno di resa e così, vigliaccamente, ci siamo salvati la vita.
Ci hanno accompagnati verso Cima Grappa, ci hanno caricati su dei camion e ci hanno trasportati giù, a Romano Alto.
Dopo un anno di vani assalti, vedo la pianura italiana da prigioniero. Io e i miei compagni di sventura abbiamo provato a parlare con i nostri carcerieri, a chiedere informazioni, ma l'unica risposta che abbiamo ottenuto, a parte gli insulti, è: «Zitto, prigioniero».
Gli italiani mi hanno lasciato il diario, anzi mi incitano a scrivere, a prendere nota per i posteri di quanto è forte il Regio Esercito che abbiamo voluto sfidare.

*

23 novembre 1918

La vita da prigioniero è molto diversa che al fronte.
Non siamo trattati male, il lavoro nei campi e di boni-

fica è mille volte meglio della vita di trincea, sotto le bombe o il fuoco incessante dei mortai.
Penso spesso al mio amico Antonio. Ieri mi sono fatto coraggio e ho chiesto informazioni su di lui a uno dei nostri guardiani. Si è fatto una grossa risata.
«Antonio è un nome molto comune in Italia» mi ha detto. «Senza un cognome e un reparto di appartenenza è impossibile trovarlo. Sempre che sia ancora vivo.»
In montagna ci torniamo per recuperare i morti: tanti, troppi ragazzi che presto saranno solamente terra del Grappa. Per fortuna, a breve il generale inverno chiamerà a rapporto i suoi ufficiali: freddo, pioggia e gelo. Allora, finalmente, tutto questo terribile spettacolo sarà coperto dal bianco lenzuolo della neve.

*

30 novembre 1918

Ho sognato di essere trafitto dalla baionetta di un soldato che, mentre ero a terra agonizzante, mi gridava in faccia: «Traditore!».
Mi capita sempre più spesso di svegliarmi nel cuore della notte per colpa di incubi come questo. Il cibo non è sufficiente e imputo la causa ai crampi allo stomaco che mi attanagliano.

*

5 dicembre 1918

Oggi è successo un fatto incredibile.
Il tenente a cui ho chiesto notizie di Antonio, per prendersi gioco di me lo ha raccontato durante una cena nella mensa degli ufficiali.
Uno dei suoi colleghi mi ha fatto chiamare e mi ha chiesto maggiori dettagli sull'accaduto.
Mi sono recato nel suo alloggio presso una casa contadina a Borso del Grappa, un paese ai piedi della montagna.
Quando sono arrivato, mi ha fatto accomodare e ha chiesto e ottenuto che rimanessimo soli, senza la scorta. Dopo settimane passate controllato a vista, anche quando andavo alla latrina, mi è sembrato stranissimo trovarmi da solo senza sorveglianti. Sono talmente abituato ai guardiani che quella solitudine mi ha messo a disagio.
L'ufficiale italiano mi ha chiesto per tre volte di ripetergli il mio nome, grado e corpo di appartenenza, e si è appuntato la risposta su un taccuino malconcio. Poi mi ha offerto un bicchiere di vino e si è presentato a sua volta: tenente Guglielmin, classe 1897.
Durante la battaglia finale era nella "Nave" di Cima Grappa e aveva l'incarico di coordinare gli arrivi all'ospedale in galleria. Aveva il delicato e poco invi-

diabile compito di decidere chi, nella massa di feriti che arrivavano, meritasse un posto e chi invece fosse ancora in grado di attendere all'esterno.
Anche se eravamo soli, la sua voce manteneva un tono marziale, come se credesse ancora di trovarsi sul campo di battaglia.
«Il 27 ottobre mi trovavo al mio posto di comando sulla cima del Grappa» mi ha detto. «Verso sera arrivò un gruppo di Arditi che scendevano dal Pertica: portavano addosso i segni dell'inferno che avevano vissuto nei giorni precedenti. Erano circa dieci uomini, facevano parte delle truppe d'assalto che stavano inseguendo gli austriaci in fuga. Erano quasi tutti feriti, ma solo uno, trasportato in barella, era davvero grave: appena l'ho visto, ho capito che non c'era nulla da fare. Poco prima di spirare, mi diede un piccolo diario e mi chiese di consegnarlo a tutti i costi alla persona indicata nell'ultima pagina.»
Non riuscivo a capire. Perché un tenente italiano raccontava questa storia proprio a me, un prigioniero dell'esercito nemico?
Mentre facevo questi pensieri lui ha preso il diario, lo ha aperto e mi ha chiesto, per l'ennesima volta: «Lei è veramente Anton Hoverlack?».
Senza aspettare l'ovvia risposta, ha aperto l'ultima pagina del diario e me l'ha messa davanti: con calligrafia incerta, ma molto chiara, lì Antonio aveva scritto il mio nome.

Sono scoppiato a piangere come se mi avessero appena annunciato la morte di un famigliare.
Ho chiesto al tenente il nome completo del mio amico, per sapere su quale tomba piangere.
Mi ha risposto: «Si chiamava Zicchi Antonio, classe 1898, professione carrettiere».

Angelo e Gabriele si guardarono in faccia e negli occhi l'uno dell'altro lessero la meraviglia che provavano.

«Finalmente il nostro Antonio ha anche un cognome!» esclamò Gabriele. «C'è scritto altro?»

«Sì» riprese Antonio. «Il tenente, per quanto colpito dalla storia, non volle assolutamente consegnare il diario a mio padre. Dopo una vittoria così esaltante, uno scritto come quello avrebbe infangato per sempre la memoria di un glorioso Ardito caduto per la Patria. Sul suo diario, mio padre ha scritto che alla fine l'italiano strappò rabbiosamente le ultime pagine del quaderno, senza rivelargliene il contenuto. A lui lasciò solo una vecchia foto di Antonio, fatta prima di partire per il fronte.» La voce del vecchio si fece più bassa, e il racconto più faticoso: «Sapevano bene entrambi che quella foto era un oggetto da tenere nascosto: se qualcuno gliel'avesse trovata addosso, sicuramente avrebbero pensato che l'avesse rubata a qualche cadavere... e aveva visto compagni presi a bastonate per molto meno». Fece un colpo di tosse e raddrizzò la schiena.

«Diversi mesi dopo, mio padre fu rispedito verso casa. Passò tutta la sua vita a cercare di ritrovare quel diario, scomparso assieme al tenente Guglielmin, ma in famiglia non ne parlò mai con nessuno – a parte con me, in punto di morte. E adesso, eccolo lì che mi chiama, grazie a voi due ragazzi!»

Il vecchio Antonio non riuscì a trattenere le lacrime e scoppiò a piangere sulla spalla del figlio.

Angelo era frastornato da quel racconto. Gli si erano chiarite molte questioni, ma lo stesso gli restava un dubbio, ed era certo che presto gli avrebbero fatto l'unica domanda a cui non sapeva rispondere.

E infatti, non appena si fu ripreso dall'emozione, il signor Hoverlack gli chiese: «Ma tu, Angelo… come fai ad avere questo diario?».

Da quando era cominciata quella storia, Angelo non aveva smesso di cercare Giuseppe, e soprattutto di chiedersi chi fosse: quando si erano incontrati aveva scambiato la sua divisa per quella di un qualsiasi cadetto dell'esercito italiano, ma adesso, dopo tutte quelle ricerche, sapeva che la sua era un'uniforme della Prima guerra mondiale. Era un appassionato come suo padre e Gabriele, e come tanti altri che abitavano lì in Grappa? Ma allora perché nessuno lì intorno sembrava conoscerlo? Forse si era inventato tutto? O forse Giuseppe era una specie di… fantasma?

Senza pensarci troppo, rispose: «L'ho acquistato nella bancarella di un mercatino».

Poteva starci. La cosa era credibile e l'austriaco, che non aveva colto l'espressione a dir poco perplessa di Gabriele, non fece altre domande.

«Amici, questa è una giornata che non dimenticherò. Mi rimane solo il rammarico di sapere che le ultime pagine del diario di Antonio sono probabilmente perdute per sempre.» Si alzò in piedi spingendo le mani sul tavolo, poi, prima di andarsene in camera a riposare, aggiunse: «Gabriele, domani mi piacerebbe visitare Cima Grappa per rendere il mio omaggio ai caduti. È possibile?».

«Certamente. Le faremo da guida io e Angelo.»

«Grazie mille. Allora buonanotte.»

Il vecchio prese le scale sorretto dal figlio, e i due ragazzi si ritrovarono da soli.

«Perché non gli hai detto la verità? Si vede lontano un miglio che non sei un collezionista.»

Angelo si prese qualche istante per schiarirsi le idee.

«Perché non gli hai detto di quel tipo, Giuseppe?» lo incalzò Gabriele. «È lui che ti ha dato il diario, giusto?»

«Sì, è che... qualcosa non mi torna. Come faceva ad averlo lui?»

Gabriele fece spallucce. «Probabilmente lo aveva trovato in qualche malga. Secondo me è andata così: il tenente aveva paura di essere trovato con un documento così difficile da giustificare. Lo ha nascosto in qualche anfratto di una vecchia casara e quel Giuseppe lì, il tipo strano, lo ha trovato.»

Angelo non rispose, era ancora turbato.

«Dài» disse Gabriele, «andiamo anche noi a dormire, ché domani si va a Cima Grappa. Sei quassù da una vita e devo ancora portartici!»

«Sì, dammi ancora un attimo. Ho bisogno di riordinare un po' le idee.»

Gabriele gli assestò una pacca sulla spalla e si allontanò verso il suo appartamento.

15

Ora la sala era buia e silenziosa, non si sentiva che il verso di qualche animale notturno, fuori.

Angelo cercò di immaginare quel giorno del luglio del 1914, quando era scoppiata la guerra.

L'Italia era fatta di piccoli paesini. Nel suo, lì in Sardegna, Antonio si sarà svegliato di buon'ora, avrà preso il suo carro e sarà uscito per andare al lavoro. Il sole, sorgendo, gli accarezzava la faccia dando inizio alla sua giornata. Sulle strade polverose, attraverso i campi di grano ormai maturo, lui di sicuro pensava alla sua Giovanna. Lo stesso avrà fatto Anton, a qualche centinaio di chilometri di distanza: gli stessi pensieri d'amore, lo stesso sole a scaldare le montagne, lo stesso Dio a cui rivolgere preghiere. Come loro, altre migliaia di ragazzi si saranno svegliati convinti che quella fosse una giornata qualsiasi, senza sapere che presto le loro vite normali sarebbero state inghiottite dall'orrore e dalla disperazione della guerra e della morte.

Assorto nei suoi pensieri, Angelo stava seduto accanto alla finestra e guardava, nel buio, la strada che da Cima Grappa scendeva verso la pianura.

A un tratto, scorse una piccola luce rossa intermittente che saliva a movimenti regolari.

Senza pensarci un attimo e senza paura, aprì la porta e uscì nel piazzale della baita, avvolto dall'oscurità.

«Buonasera, giovane!»

La voce lo colse alle spalle e Angelo si girò di scatto, con il cuore in gola.

«Giuseppe!»

Davanti a lui, con la solita divisa fuori dal tempo, il misterioso soldato stava fumando una sigaretta, e la piccola brace rossa si faceva più brillante ogni volta che la portava alle labbra.

«Spero di non averti messo in allarme» gli disse. «Allora, ti piace la nostra montagna?»

Il tono era meno formale rispetto al primo incontro, e Angelo, dopo un attimo di inquietudine, si rasserenò: gli sembrava di avere ritrovato un vecchio e caro amico.

Questa volta riconobbe subito lo stemma sul bavero e sulla spalla sinistra: era quello del corpo d'assalto Fiamme nere, il segno distintivo degli Arditi.

«È bello vederti, Giuseppe. Questa montagna ormai è diventata anche un po' mia, e forse è successo proprio grazie a te.» Esitò un momento, guardandolo negli occhi. Era il momento giusto per schiarirsi del tutto le idee. «Giuseppe... ma tu chi sei? E perché hai una divisa uguale a quella che indossavano gli Arditi?»

L'altro non riuscì a trattenere un sorrisetto.

«Vedi, caro Angelo, qual è il problema che abbiamo tutti? Certe volte non vogliamo vedere nemmeno quello che è più ovvio. Cerchiamo le soluzioni che ci fanno più comodo, perché pensiamo che la nostra mente non sia in grado di accettare la verità. Ma alla fine la verità viene a galla lo stesso, anche servendosi di strade poco usuali. E spesso è più vicina di quanto si pensi. Io sono, o meglio ero, il tenente degli Arditi Giuseppe Luigi Guglielmin, nato a Bassano del Grappa il 17 luglio 1897 e morto nel 1938, assassinato da un fanatico.»

La cosa davvero strana fu che Angelo non provò paura: quel fantasma, perché così ormai si doveva chiamare, per lui era ancora una presenza amica, quella che gli aveva salvato la vita quando si era perso la prima volta in montagna.

Lo lasciò raccontare: «È a me che il soldato Antonio Zicchi ha consegnato il suo diario. Una mitragliatrice lo aveva falciato sul Pertica durante l'azione degli ultimi giorni di guerra. Chi era con lui, disse che era stato un ottimo soldato: coraggioso, valoroso e molto attento ai compagni». Sbuffò una nuvoletta di fumo. «Quando arrivò davanti all'ospedale, in barella, si reggeva l'intestino che era fuoriuscito. Per lui non c'era più nulla da fare. Mi fece cenno di avvicinarmi e mi disse: "Sa, tenente, mi dispiace di dover morire per due motivi. Il primo è che a casa ho due donne che mi aspettano, mia madre e la mia Giovanna: si assicuri, per carità, che arrivi loro presto la notizia della mia morte. Il secondo è che non rivedrò più un caro amico, che ho conosciuto nel fango, quel fango che ci ha uniti". Pensai a un commilitone» sospirò Giuseppe, «e mi venne spontaneo chiedere se aveva qualcosa da consegnare a questa persona. Fu allora che estrasse a fatica il piccolo diario e me lo consegnò. Gli promisi che l'avrei fatto arrivare al destinatario. Detto questo, si spense serenamente, e a me non rimase che di leggere la piastrina per annotare il suo nome sul rapporto: caporale Zicchi Antonio, di Zicchi Giovanni Maria e Pisano Pasqua, nato a Sorso, in provincia di Sassari, il 23 settembre 1898. In aggiunta, scrissi: "Morto eroicamente durante l'azione del Pertica il 27 ottobre 1918". Un po' di gloria a uno sconosciuto giovane eroe morto a vent'anni sul Grappa. Feci portare via la salma e solo allora aprii il diario. Immagina la sorpresa, Angelo, quando vidi che il nome del destinatario era quello di un nemico: "Anton Hoverlack, 59° fanteria austroungarica".»

Giuseppe lasciò cadere a terra il mozzicone che teneva tra le dita e con lo scarpone lo schiacciò per spegnerlo. Infilate le mani nelle tasche, guardò fisso in faccia il ragazzo che gli stava silenzioso di fronte. Angelo percepiva che anche per Giuseppe quel diario era stato ragione di molti pensieri.

«Avevo appena glorificato un giovane eroe del Grappa e scoprivo che era un traditore» imprecò. «Decisi di non parlarne con nessuno e di chiudere il diario in una scatola di latta. Ma qualche mese dopo, in mensa, ho sentito un ufficiale che raccontava di un prigioniero austriaco che chiedeva informazioni di un amico italiano. Lo feci chiamare» continuò, con voce incrinata, «e lo avrei voluto uccidere con le mie mani, perché aveva indotto al tradimento uno dei nostri valorosi Arditi... Ma dovevo rispettare la promessa fatta a un uomo in punto di morte, così gli mostrai il diario, anche se poi, per la rabbia, strappai le ultime pagine davanti a lui. Avevo reso onore alla parola data, poteva bastare. Nei giorni successivi nascosi il diario in una buca di mitragliatrice sulla cima dell'Asolone.»

«E poi?» sollecitò Angelo. C'era ancora qualcosa che non aveva capito.

«Qualche anno più tardi, saputo che l'austriaco lo stava ostinatamente cercando, tornai in Grappa a riprendere il vecchio diario. A quel punto la curiosità mi spinse a leggerlo... e fu allora che mi resi conto che mi ero comportato da vigliacco.» Sospirò. «Nessun insegnamento è autentico se non torna utile a qualcuno. Così, quando il mondo era sul punto di precipitare verso un'altra guerra sanguinosa, decisi raccontare a tutti la tragedia di quella, orribile, che avevamo combattuto noi. Purtroppo questo non mi rese molto popolare e mi costò la vita.»

«Cosa ti è successo?» chiese Angelo sottovoce, gli occhi a terra.

«Una notte, mentre rientravo a casa, scoprii che c'era qualcuno ad aspettarmi. Non vidi i loro volti, ma loro mi bastonarono a sangue e mi lasciarono sul selciato a morire. Mi trovò la ronda il mattino seguente. Io avevo deciso di rintracciare il soldato Hoverlack per consegnargli finalmente il diario, ma la morte mi trovò prima. Con gli ultimi respiri, pregai Dio di non lasciarmi andare nell'inferno che meritavo. Gli chiesi la possibilità di saldare il mio debito, e Lui mi ascoltò.» Adesso Giuseppe sorrideva, come sollevato: «Il resto lo sai, ragazzo mio... Angelo è davvero il tuo nome! Adesso è ora che io vada».

«Aspetta, Giuseppe! Le pagine mancanti, cosa c'era scritto?»

«Quello che era scritto l'ho consegnato alla montagna» rispose, in tono solenne. «Sul Pertica c'è una pietra... bada, non una lapide: di quelle ce ne sono poche, e sono solo per i grandi nomi. C'è una pietra, invece, senza nome come ce ne sono tante, perché tanti, troppi, sono i soldati che sotto vi riposano. Di quelle stesse pietre è fatta anche la montagna. E su una di loro ho inciso il messaggio che quei soldati hanno lasciato ai giovani, come io ora lo lascio a te: l'unica vittoria è la pace. Ciao, giovane Angelo... e grazie ancora.»

16

26 ottobre 1918

Sento di essere a un passo dalla morte, ma non sono triste. Ora ho capito il senso della mia esistenza. Si può percorrere molta strada nella sola vita che abbiamo, senza mai imparare nulla. Io, invece, ho finalmente capito il senso del nostro viaggio e di questa inutile guerra: dobbiamo imparare a fermarci ad ascoltare chiunque abbia una storia da raccontare, che sia esso un italiano o un austriaco, un amico o un nemico. Se ascoltiamo il nostro prossimo, troviamo la risposta alle domande della nostra vita.
Anton, cammina sempre avanti. Abbiamo avuto la morte attorno per tanti anni... Non lasciare mai che il dolore vinca. Non sprecare l'opportunità che la vita ti ha dato.

17

Al mattino, la montagna si svegliava molto presto, ma lentamente. Quando cominciava ad albeggiare, Angelo sentiva in lontananza i campanacci delle vacche che iniziavano a muoversi per il pascolo. Poco dopo, il confortante rumore della cucina, e il profumo del caffè.

Il tenente Giuseppe Luigi Guglielmin, Ardito del Grappa, era svanito, e questa volta per sempre. Aveva onorato la sua promessa, ora poteva riposare in pace assieme agli altri eroi della montagna. Angelo li immaginava tutti assieme: italiani, austriaci, inglesi, francesi e ungheresi, Rosa, Viola e Giardino con i fanti e gli Arditi, a giocare a carte e bere vino. Per loro erano finiti i giorni dell'odio, con la sofferenza, il fango, l'odore di morte, il rumore delle bombe e la paura.

Angelo decise di tenere per sé quell'ultimo incontro con Giuseppe. In fondo ora condivideva un segreto con quella montagna, che sentiva anche un po' sua.

Non ne avrebbe parlato nemmeno con Gabriele, e non provava alcun senso di colpa: era certo che l'amico avrebbe approvato.

Ormai la vacanza stava per finire, ancora un paio di giorni e poi i Nardi avrebbero fatto ritorno a Padova.

Angelo ci pensò solo quel mattino, gli eventi delle settimane precedenti lo avevano impegnato a tal punto da fargli dimenticare del tutto il passare del tempo. La triste montagna del primo giorno era diventata un posto magico. Adesso voleva tornare a casa, ma non alla vecchia vita. Aveva molte idee in testa e tutte ben chiare, ed era certo che non si trattasse dei soliti fuochi di paglia dei buoni propositi di inizio anno scolastico.

Quel mattino era anche il mattino di Cima Grappa.

Partirono verso le nove, subito dopo colazione: lui e Gabriele si incamminarono a piedi, mentre il vecchio Antonio e il figlio Hans avrebbero preso la Cadorna in auto un paio d'ore più tardi. In una ventina di minuti, la strada li avrebbe portati davanti al vecchio rifugio Bassano, luogo dell'appuntamento.

Lungo la strada, ammirando la pianura dagli Asoloni, ad Angelo non sfuggì l'insolito atteggiamento di Gabriele, che camminava pensieroso e in silenzio.

«Ormai la mia vacanza è finita» gli disse. «Credo sia il momento di ringraziarti per quello che hai fatto per me. Ho capito molte cose della mia vita, grazie al tuo aiuto. E a quello di Antonio e Anton...»

Avrebbe voluto aggiungere che adesso capiva perché in molti consideravano sacra quella montagna. E voleva dire a Gabriele che quell'incredibile avventura l'avrebbe portata sempre con sé, qualunque strada avesse preso la sua vita. Avrebbe voluto dire un sacco di cose, ma forse non ce n'era bisogno: loro si capivano.

Gabriele sorrise, si fermò per riprendere fiato, guardò il giovane amico e disse: «Ho una grossa novità da raccontarti. Ho aspettato di esserne certo, ma ieri sera ho ricevuto una telefonata...».

Angelo si fermò di colpo. Non era sicuro che gli sarebbe piaciuto quello che stava per sentire.

«Da diversi anni sono in contatto con il museo francese di Verdun, dove si è combattuta la più cruenta battaglia della Grande Guerra. Il direttore del museo fra tre anni andrà in pensione e mi ha chiesto di prendere il suo posto. Ieri ho avuto la conferma che la mia candidatura è stata accolta. Sarò il nuovo direttore del Mémorial de Verdun.»

Per un attimo Angelo rimase perplesso. Non sapeva se gioire o rattristarsi. Intuì che per l'amico era un'ottima opportunità, ma capì anche che inevitabilmente avrebbe dovuto abbandonare il Grappa, forse per sempre. Prima ancora di riuscire a parlare, sentì salire le lacrime agli occhi.

«Scusa, sono felice per te ma... ho pensato alla baita, al tuo lavoro e alla grande passione per quello che hai costruito. Cosa ne resterà?» Aveva preso Gabriele in contropiede, questa volta. E continuò: «Sai, quando papà per la prima volta mi ha parlato di questa vacanza ha detto: "Andiamo in Grappa, dal Gabriele". Non ha detto: "Andiamo in val Damoro o alla baita sul monte Asolone". Ormai tu sei parte di questa montagna e chi sale si aspetta di trovarti, viene per te. Chi riuscirà a sostituirti? Chi potrà continuare la tua opera con lo stesso amore? E chi saprà fare in modo che gli eroi di guerra non vadano dimenticati?».

Gabriele guardò il giovane e lo abbracciò strettissimo. Dopo disse, commosso: «Vedrai che al momento opportuno la montagna mi aiuterà a decidere cosa sarà meglio per la baita. In fondo io non sono che un cantastorie di questi luoghi: qualcuno mi ha voluto quassù per non far dimenticare quello che è stato, perché abbiamo il compito di raccontare gli errori del passato, e far sì che gli uomini possano evitare di ripeterli».

Nella memoria dei due ragazzi quel giorno sarebbe rimasto impresso per sempre: avevano capito il grande valore dell'amicizia, come Anton e Antonio quasi un secolo prima.

«Eccolo lì, quello è il sacrario di Cima Grappa. Siamo arrivati.»

18

Come previsto, nel parcheggio accanto al rifugio Bassano i due austriaci attendevano le loro giovani guide.

Antonio, con il bastone da passeggio e l'abito bianco abbinato al cappello, ricordava molto un ricco signore inglese. Hans era sicuramente meno elegante, indossava perfino i sandali aperti con i calzini bianchi. "Proprio da tedesco" pensò Angelo tra sé.

«Buongiorno amici, ben arrivati! È stata una bella passeggiata?» chiese Antonio.

«Intensa... indubbiamente appagante e intensa» rispose per entrambi Gabriele, più riferendosi alla chiacchierata che all'indubbia bellezza del paesaggio. «Andiamo! Vi accompagno nella visita.»

Il piccolo gruppo prese a salire la scalinata verso la parte del cimitero dedicata ai caduti austroungarici.

Sulla sinistra una tomba isolata, sovrastata da un grosso blocco di marmo rosa e da un busto in bronzo, attirò la loro attenzione.

«È Ettore Viola» spiegò Gabriele, «capitano degli Arditi e conte di Ca' Tasson. Alla fine della guerra divenne generale e morì a Roma nel 1986. Negli ultimi anni della sua vita chiese di essere sepolto qui in Grappa e il ministero della Difesa gli concesse questo privilegio.»

In segno di rispetto, Antonio si tolse il cappello. Poi si rimisero in marcia e raggiunsero l'ossario austriaco.

Nonostante fossero presenti diverse persone, il clima era molto raccolto, come in un'enorme chiesa all'aperto.

Gabriele, sottovoce, riprese la sua narrazione: «Questa è la parte dedicata ai caduti austroungarici. Cima Grappa è l'unico sacrario della Grande Guerra in cui italiani e austroungarici giacciono insieme, uniti dal sacello della Madonnina. Qui sono raccolti i resti di 10.295 ragazzi che combatterono nell'esercito "nemico", di cui solo 295 hanno un nome. Tutte le loro tombe, in segno di rispetto, guardano verso il confine austriaco. Nella parte sottostante ci sono 12.615 soldati italiani. Di loro, solo 2.283 hanno un nome».

Poco più avanti, due bambini stavano in piedi di fronte a un loculo.

«Guarda!» disse uno. «Allora esiste davvero!»

«Sì» gli rispose l'altro, «però è morto!»

Sembravano tristi, dispiaciuti, come se si trattasse della perdita improvvisa di un caro amico.

Angelo e i due austriaci guardarono Gabriele con aria interrogativa. Il giovane storico con il dito indicò l'iscrizione sopra la celletta: "Peter Pan".

«Anche questo era un eroe» disse, facendosi sentire anche dai bambini. «Era un giovane soldato ungherese. Però, anche se si chiamava Peter Pan, non è quello che intendete voi.»

«E come fai a saperlo?» domandò uno dei piccoli.

«Perché di lui ho letto alcune cose in un bel libro.»

«Un libro su Peter Pan! Ma davvero?» lo canzonò Angelo.

«Dài, Angelo, non *quel* Peter Pan! Questo ragazzo era un soldato molto giovane: i tratti del volto lo facevano sembrare un bambino. È morto nella battaglia sul Col Caprile, il 19 settembre 1918. Il suo reparto era sprovvisto di artiglieria pesante, così quando la battaglia si fece cruenta non poté rispondere al fuoco se non con il fucile. Lui e i suoi compagni dovettero nascondersi nelle buche, come potevano, cercando di evitare i cecchini.»

«Morirono tutti?» chiese Angelo, con voce rotta.

«Tanti» confermò Gabriele, «e molti furono feriti. Gli alpini che andarono a raccogliere i corpi, a battaglia finita, quando lo trovarono rimasero impressionati: il soldato ungherese Peter Pan sembrava davvero troppo giovane per essere arruolato.»

«Be'» osservò Angelo, «mi era parso di capire che ce ne fossero parecchi, quassù, di giovani.»

«Hai ragione, ma questo aveva qualcosa di diverso. Veniva da un minuscolo paesino dell'Ungheria... Immagina, probabilmente lui non aveva nemmeno idea che la guerra fosse scoppiata, ed era stato costretto all'arruolamento!»

«L'hai letto sempre in quel libro?»

«Sì. E ho letto anche questo: quando gli hanno aperto la giubba per riconoscerlo, gli hanno trovato in tasca piccoli ricordi di casa. Un fiore pressato, una conchiglia, un sassolino liscio e piatto. Io immagino che li tenesse tra le mani quando la paura, la nostalgia e la solitudine si facevano più pesanti... Non ti fa venire voglia di essergli amico?»

«Mi fa venire voglia di cercare anche la sua, di famiglia, in Ungheria» rispose serio Angelo. «Avrà sicuramente lasciato una mamma, una morosa, qualcuno che non ha più saputo niente di lui.»

«È proprio così, Angelo. Dài, vieni, ti faccio vedere la parte italiana.»

Passarono accanto al Portale Roma, testimonianza del progetto iniziale, che prevedeva di costruire l'intero mausoleo in galleria, ma che fu presto abbandonato per l'eccessiva umidità.

Giunti alla facciata che guarda a valle, Gabriele indicò la frase scolpita sulla pietra: "Monte Grappa tu sei la mia Patria", tratta da una canzone diventata un simbolo della sacra montagna, dettata dal generale Emilio de Bono.

«Chi era?» domandò Angelo.

«Fu un grande eroe della Prima guerra mondiale» rispose Gabriele. «Eppure in pochi sanno che fu fucilato come traditore l'11 gennaio 1944, per aver fatto parte del famoso "ordine del giorno Grandi" che il 24 luglio 1943 di fatto causò la caduta del fascismo.»

Al termine della via Eroica, dove quattordici cippi ricordano le grandi battaglie del Grappa, si fermarono al sacello della Madonnina.

Gabriele lo presentò con solennità: «Nell'agosto del 1901 il cardinale di Venezia, che sarebbe poi diventato papa Pio X, salì in cima al monte per portare la statua della Madonna in questo luogo sacro. Da lassù, la Madonnina del Grappa guardò ai campi di battaglia fino al 14 gennaio 1918, quando fu abbattuta dallo spostamento d'aria di una granata di grosso calibro. Anche se in territorio italiano, la Madonnina era venerata da entrambi gli schieramenti. Quando fu colpita, i due eserciti si accusarono a vicenda di aver sferrato il colpo fatale».

Rimasero lì in silenzio per qualche momento, ciascuno assorto nei propri pensieri, forse nelle proprie preghiere, poi procedettero verso la zona ai piedi del sacello, dove le 2.283 cellette in cui riposano i ragazzi morti per la Patria dominano la pianura, insieme ad alcune lastre più grandi con la scritta "soldati ignoti".

Gabriele era intento alle spiegazioni per il suo

gruppo, quando Angelo, come folgorato, lo interruppe: «Scusa, ma come sono classificate le tombe? Voglio dire, qual è la logica con cui hanno sistemato i resti?».

«Be'... come sai, alla fine della guerra il recupero delle molte vittime del Grappa fu lungo e complicato. Furono coinvolti anche civili, soprattutto ragazzi, che al mattino di buon'ora venivano caricati sui camion e portati a scavare. Era passato diverso tempo dalle sepolture provvisorie e fu impossibile identificare molti di quei resti. La piastrina di riconoscimento all'epoca conteneva un piccolo foglio di carta, che ovviamente era spesso illeggibile. Così quelle ossa dovevano essere classificate come "soldato ignoto".»

«Ma se erano solo ossa...»

«So cosa stai per dire, Angelo» lo anticipò Gabriele. «Quando si trovavano solo ossa non identificabili, si contavano i crani. Per ogni cranio, un soldato. Un soldato ignoto.» Dopo un lungo momento di silenzio e qualche passo per avvicinarsi alle lastre di rame, continuò: «I corpi che furono identificati vennero sepolti qui, in ordine alfabetico».

Angelo lo interruppe nuovamente: «Quindi la logica potrebbe essere un numero che corrisponde a una riga e una colonna... giusto?».

Gabriele cominciava a capire dove l'amico voleva portarlo: «Ma certo! Perché non ci abbiamo pensato prima? Quella sequenza di numeri dopo il nome...».

Mentre gli Hoverlack li guardavano senza capire, i due ragazzi iniziarono a salire rapidamente le gradinate, in direzione della lettera "zeta".

Passarono e ripassarono più volte con lo sguardo dalla prima all'ultima lapide di quel settore: da Zaboli a Zulliani, avanti e indietro, ma nessuna traccia delle spoglie dell'Ardito Antonio Zicchi.

Angelo era deluso. Aveva sperato di risolvere il mistero del codice scritto sul diario, ma si era sbagliato. Eppure si sentiva così vicino alla soluzione...

Ripensò rapidamente a tutta la vicenda, e gli balzarono alla mente le parole del suo ultimo incontro con Giuseppe. Com'è che aveva detto? "Certe volte non vogliamo vedere nemmeno quello che è più ovvio. Cerchiamo le soluzioni che ci fanno più comodo. Ma alla fine la verità viene a galla lo stesso, e spesso è più vicina di quanto si pensi..."

«Ma certo!» pensò ad alta voce. «Dobbiamo seguire i numeri! Non c'entra niente l'ordine alfabetico: siamo corsi alla "zeta", ma non abbiamo verificato che i numeri corrispondessero. Dobbiamo cercare la colonna e il numero di urna indicati sul diario!»

Con trepidazione crescente, i due ragazzi presero a contare le colonne. Dubitarono nuovamente sul senso di quello che stavano facendo quando videro che i numeri li spingevano verso i cognomi che iniziavano con la lettera "effe", ma vollero insistere.

E poi, ecco.

Al terzo anello, nella ventottesima colonna, tomba 901, c'era un nome quasi famigliare: "Ficchi Antonio".

Non Zicchi, ma Ficchi.

Angelo era dubbioso, ancora non capiva.

Lo aiutò Gabriele. «Non di rado capitava che il nome sulla piastrina fosse difficile da capire. Chi ha recuperato i resti del nostro Antonio ha letto sulla sua piastrina "Ficchi" anziché "Zicchi". A causa di questo errore, probabilmente i suoi famigliari e la povera Giovanna non hanno mai potuto piangere sulla tomba del loro Antonio».

«È terribile» mormorò Angelo. «La guerra è una cosa terribile. Ma noi possiamo ancora fare qualcosa, vero? Se Antonio ha dei parenti in vita, finalmente potranno sapere dove è sepolto.»

Il vecchio austriaco, che li aveva seguiti da lontano appoggiandosi al suo bastone, quando giunse davanti a quella tomba capì subito cos'era successo.

«Dunque l'abbiamo trovato...» disse, con la voce che gli tremava. Poggiò la mano sulla fredda lastra di rame per raccogliersi un momento in preghiera: quello che aveva davanti era l'amico di suo padre.

Angelo si guardò attorno. C'erano altre duemila piccole celle come quella in cui riposava Antonio: duemila storie di uomini, di famiglie, di vita. Ora ne conosceva una.

Passarono alcuni istanti, poi il vecchio austriaco si rivolse perplesso alle sue guide: «Ma com'è possibile che sulla copertina del suo diario ci fosse il numero della sua tomba? L'ossario è stato finito nel 1935, Antonio era già morto da diciassette anni!».

I due ragazzi si guardarono e fecero spallucce.

«Sono i misteri di questa montagna magica» disse Angelo. E, dopo aver incontrato Giuseppe, ci credeva davvero.

Antonio capì che non era il caso di aggiungere nulla: in un modo o nell'altro, aveva onorato la promessa fatta al padre. Lentamente tornò sui suoi passi, in direzione dell'auto, aiutato come sempre da Hans.

Angelo e Gabriele rimasero ancora un attimo davanti a quella tomba, giusto il tempo di notare un piccolo foglietto ben piegato che qualcuno aveva lasciato infilato nel bordo della lastra di rame.

Angelo lo prese delicatamente, lo aprì e lesse: "Dopo la tempesta c'è sempre l'arcobaleno. E, se hai fortuna, alla base dell'arcobaleno trovi un grande tesoro. Quale tesoro è più grande dell'amicizia?".

19

Il giorno della partenza, Gabriele e Angelo si salutarono come vecchi amici, trattenendo a stento la commozione.

Avevano deciso insieme di consegnare il diario di Antonio al suo omonimo austriaco: era quello che avrebbe voluto lui.

L'auto dei Nardi prese la Cadorna, verso la pianura e la città. Gabriele la guardò finché le prime curve non la fecero sparire dalla sua vista. Abituato alla solitudine della montagna, sentì un improvviso vuoto, una tristezza per lui inusuale. Non sapeva che Angelo era riuscito a preparare l'antidoto a quel suo strano malessere.

Quando si diresse verso il lato sud della baita, dove aveva la legnaia, Gabriele ritrovò il sorriso: sull'intera parete del rifugio campeggiava un magnifico murale, dove erano ritratte due persone di spalle che guardavano verso un orizzonte lontano.

Gabriele si riconobbe, assieme all'amico. E poco dopo notò una piccola scritta in basso a destra, fatta col pennarello indelebile: "A Gabriele. Grazie a te ho imparato a vedere oltre l'orizzonte".

Angelo adesso si sentiva profondamente diverso. Tornando a casa meditava sulle parole del vecchio Piero: era vero che la montagna l'aveva scelto? E se sì, con quale scopo? Sapeva che ci sarebbe voluto ancora del tempo per dare chiarezza a quella specie di profezia, ma intanto lui aveva deciso che da ora in avanti la sua vita sarebbe cambiata.

Se fino a quel momento si era sentito perso, incapace di prendere in mano la sua vita, il motivo era molto semplice: non l'aveva apprezzata abbastanza. Adesso poteva confrontare la sua esistenza con quella dei giovani caduti in guerra, e con occhio diverso capiva di avere sempre preteso grandi risultati senza alcuna fatica. Lui e i suoi amici erano nati con i computer, in un mondo in continua trasformazione, fatto di aggiornamenti e sentimenti sempre nuovi… ma era questa la felicità? Dove stava il senso della vita? Come potevano pensare di trovare il proprio posto nel mondo, senza fermarsi un momento e guardarsi intorno davvero?

Angelo cercò di ricordarsi quando era stata l'ultima volta che aveva scritto a Zeno. Quando aveva pubblicato l'ultima storia su Instagram. Non se lo ricordava.

E non era mai stato così felice.

20

Grazie alla sua esperienza di ricercatore, nei mesi successivi Gabriele riuscì a rintracciare i parenti in vita di Antonio. Faticò non poco a spiegar loro l'incredibile storia del diario, ma una giovane nipote rimase affascinata dalla vicenda.

Insieme, lei e Gabriele contattarono il ministero della Difesa e l'Onorcaduti, che dopo le opportune verifiche si impegnarono a correggere l'errore.

Ora la tomba 901 riporta il nome corretto di Zicchi Antonio. E chissà quanti, visitando il sacrario di Cima Grappa, si chiederanno come mai quel soldato il cui cognome che inizia con la "zeta" se ne stia lì, sepolto tra quelli il cui cognome inizia con la "effe".

21

28 luglio 2027

Caro diario,
gli anni sono passati anche per me. Quando sono tornato dal Grappa, quell'estate di otto anni fa, ho deciso che avrei smesso di perdere tempo e dare la mia vita per scontata. Mi sono concentrato per trovare la mia passione: così, oltre alla montagna, ho scoperto la cucina. Io, che non sapevo nemmeno bollire un uovo! Adesso faccio il cuoco, ma ho sostenuto anche l'esame per diventare guida di montagna.
La passione di Gabriele per la Prima guerra mondiale e per la ricerca mi ha contagiato a tal punto che ho iniziato a leggere tutto quello che trovavo sull'argomento, e da allora non mi sono più fermato. Ogni piccola scoperta era un'occasione per risentirlo – ovviamente sempre via lettera, come si faceva una volta.

Del resto, in Grappa la connessione Internet è ancora un miraggio!
Quella ragazza che mi piaceva, Carlotta… be', stiamo insieme da qualche anno, e la scorsa estate abbiamo deciso di provare a costruire qualcosa di nostro. Da quando Gabriele si è trasferito in Francia, il vecchio Bruno faceva fatica a gestire la baita da solo, lì sul monte Asolone. Così ho rilevato la sua attività.
Da allora vivo quassù in Grappa, e ho chiesto a Carlotta di venire con me.
Cucino per gli ospiti della baita e accompagno per i sentieri quelli che hanno voglia di scoprire le meraviglie e i segreti della mia montagna. Del resto, come diceva Piero, è stata lei a chiamarmi a sé.
Adesso la mia soddisfazione più grande è quando sento la gente che sale quassù e dice che va "dall'Angelo del Grappa".
A ottobre, quando la stagione turistica finisce, arriva anche Gabriele. Questa montagna è casa sua, e non riesce a starle troppo lontano. Quando ci ritroviamo, è come se il tempo non fosse mai passato. Ridiamo, discutiamo, andiamo in cerca di ferro. E ogni anno, il 27 ottobre, saliamo a Cima Grappa per fare visita alla tomba 901 e salutare il nostro amico Antonio.
A fine autunno, poi, quando la montagna si prepara lenta all'inverno e nessuno viene più fin qua, mi capita di guardare dalla mia finestra verso la nebbia della Val d'Oro. Penso a Giuseppe e a quel nostro incontro: a

volte ho l'illusione di vedere ancora la brace lontana della sua sigaretta.
D'altronde, non è l'unico del quale sento forte la presenza: attorno a me avverto costantemente l'energia e la forza di tutti quei ragazzi che dal Grappa non sono mai più scesi, e ogni giorno cerco di onorarne la memoria come posso. Non vogliono e non devono essere dimenticati, mai.
Gloria a voi, soldati del Grappa.

A mio zio Antonio

Giovanna Zicchi

Il mio prozio Antonio Zicchi nasce a Sorso, il 23 settembre 1898, in un paese della provincia di Sassari situato nell'antica regione della Romangia, un'area geografica particolarmente suggestiva, affacciata sul golfo dell'Asinara.

Chiamato alle armi il 24 gennaio 1917 tra le fila della brigata Roma, il 23 giugno è nominato caporale della brigata Cremona. Muore l'11 settembre 1918 sul monte Grappa, per ferite riportate in combattimento, a soli diciannove anni.

La sua storia, simile a quella di tanti altri ragazzi sardi, finisce nella zona di confine del nostro Paese, là dove gli eserciti schierati su fronti contrapposti si contendono l'ultimo pezzo di montagna. Tanti di loro sono rimasti lì a simboleggiare l'ultimo baluardo di una pagina di Storia che ha determinato un nuovo disegno geografico del loro Paese, e le loro famiglie non sono state in grado di ritrovarne le tombe.

Il mio prozio, morto poco prima della fine del conflitto, è divenuto il protagonista di un racconto romanzato avvincente e commovente, caratterizzato dalla combinazione di fatti storici e di strane coincidenze inventate.

Per ritrovarlo, sono partita dai miei ricordi di bambina. Mio nonno Giovanni Maria, l'unico fratello di Antonio, mi raccontava spesso di lui e della guerra che lo aveva tenuto per sé. Diventata adulta, ho sentito il desiderio di seguire le sue tracce.

La mia ricerca ha avuto inizio nel 2006, nell' archivio del Comune di Sorso, e successivamente nell'archivio di Stato di Sassari. Lì ho le prime informazioni, quelle più basilari, ma non ero ancora soddisfatta. Così, ho deciso di fare una richiesta scritta al ministero della Difesa. Qualche mese dopo è arrivata l'informazione chiave che cercavo: il caporale Zicchi Antonio è stato sepolto nel sacrario militare di Cima Grappa, con il cognome sbagliato – Ficchi anziché Zicchi. Insieme a questa rivelazione, il ministero (nella persona dell'Alto Commissario di Onorcaduti) ha sottoscritto l'impegno a modificare l'epigrafe della tomba, per restituire ad Antonio il suo vero cognome.

Tre anni dopo, nel 2009, mi sono recata con la mia famiglia a Cima Grappa, per visitare la tomba. In questo luogo ho fatto una delle esperienze più emozionanti e commoventi della mia vita. Veder svettare contro un cielo plumbeo l'epigrafe che riporta il suo cognome – che è anche il mio – è stato molto toccante e ha rappresentato quasi un traguardo, un compito portato a termine in nome e per conto di tutta la nostra famiglia. Il caporale quel giorno ha ricevuto un fiore di campo da una piccola mano affettuosa: mio figlio, il più giovane testimone di questa storia. A lui da quel momento ho affidato il ricordo del soldato Antonio Zicchi, per strapparlo alla dimenticanza cui era stato destinato fino a quel momento. Il significato più profondo della mia ricerca è proprio questo: far sì che la memoria di Antonio resti viva nella nostra famiglia.

Dal sacro monte, quel giorno, ho portato con me una gioia immensa e un piccolo pezzo di biancone, che ancora conservo a casa. Esso rappresenta per me il filo conduttore tra la terra veneta, che conserva le spoglie mortali del prozio, e la Sardegna, la sua vera terra, la stessa che ha offerto alla patria un enorme numero di giovani vite durante quella pagina di Storia.

Quando, qualche anno dopo, mi è stato chiesto di utilizzare alcuni elementi della mia ricerca e il nome di Antonio nella trama del libro *L'Angelo del Grappa*, sono stata tentata di dire no: volevo tenerla tutta per me e per i miei cari. Oggi, invece, sono contenta di aver dato il mio consenso, perché ha permesso a un soldato qualunque, che nessuno fino a quel momento conosceva, di dare un finale vero al romanzo già scritto da Loris Giuriatti.

In questo libro che racconta la guerra, il caporale Antonio Zicchi diventa un simbolo di pace. È il personaggio chiave del racconto e il punto di contatto tra le vicende storiche realmente accadute e le parti più romanzate.

È però giusto che chi legge conosca anche la vera storia del caporale Zicchi. Antonio non era un Ardito né un eroe. In una delle poche pagine scritte del suo diario è riportato l'elenco della squadra di soldati affidati al suo comando. A fine guerra, nessuno di quei nomi compare nell'elenco dei morti. Soltanto il suo. Credo che sia giusto ricordarlo esattamente per quello che è stato, per la semplicità della sua vita, che si intuisce tra le righe delle poche lettere scritte dal fronte. Credo fino in fondo nell'onestà del suo essere stato soldato e nel valore del suo ultimo momento di vita, durante un'azione di pattugliamento in una notte tranquilla di settembre. Pochi giorni dopo avrebbe compiuto vent'anni. La sua avrebbe potuto essere la storia di un contadino qualunque, cresciuto in una famiglia benestante nell'entroterra sardo. Invece la sua vita è finita in una terra lontana, senza il conforto di un ultimo sguardo amorevole da parte di un amico o di un parente. Una vita che è rimasta sospesa per quasi cento anni.

Nella sua ultima cartolina, scritta il 10 settembre 1918, esattamente il giorno prima di morire, ha mandato mille baci alla sua famiglia. Oggi, con la fierezza di averlo ritrovato, quei baci li ho riportati tutti ai piedi della sua tomba, come restituzione per l'impegno tacitamente preso con mio nonno quando ero bambina.

Ricordare un uomo che muore è come restituirlo ai luoghi dove ha camminato, dove ha visto e sentito l'ultimo respiro della terra. Ogni vita lascia un legame indissolubile con ciò che i suoi passi hanno calpestato. Ogni passo è un uomo e ogni uomo è un passo che riecheggia con forza, senza limiti di lingua, abitudini, cultura, condizione sociale. Il passo di un contadino lascia impressa nella polvere la stessa orma di un medico, il passo di un prigioniero ne lascia una uguale a quella del suo carceriere.

Sul monte Grappa ne sono rimasti incisi migliaia, e oggi sono nel vento, che conserva ciascun passo e lo rende parte di ogni angolo sperduto della montagna. Camminando tra queste rocce, si possono riscoprire storie di uomini nel loro tormento, nella gioia di un attimo o dentro le loro infinite solitudini.

Sono arrivati da terre lontane e parlano lingue diverse. I loro passi conducono in luoghi lontani, segnati dalle lacrime di mamme distanti.

Antonio, insieme ad altre migliaia di ragazzi, ora riposa in terra d'Italia. Lui e i suoi compagni ora dormono sonni eterni, sperduti nel disegno incompiuto che il destino ha voluto per loro. La sua terra, la Sardegna, ne ha visti partire tantissimi, un funesto pellegrinaggio di anime erranti che non sono riuscite a tornare.

In ogni paese sardo restano dei nomi sbiaditi, scolpiti nel freddo marmo o in tristi cippi abbandonati che tengono aperta la porta della Storia sul loro ricordo, spezzato dal tempo.

Giovanna Zicchi

Ringraziamenti

Questo libro è stato scritto con l'aiuto insostituibile di Arianna Curci e il sostegno della mia famiglia.

Un grazie particolare a:

Giovanna Zicchi per avermi donato un così prezioso ricordo di famiglia;

a Vittorio Campana, per la fiducia e la costante presenza;

alle genti del Grappa, i veri protagonisti di questa e di mille altre storie.

DO 0337751957
L'ANGELO DEL
GRAPPA
GIURIATTI LOR
RIZZOLI
MONDADORI LIB

Finito di stampare nel mese di marzo 2021 presso
Grafica Veneta – Via Malcanton, 2 – Trebaseleghe (PD)
Stampato in Italia